William Shakespeare

Les deux Gentilshommes de Vérone

© 2023 Culturea Editions
Texte et illustration de couverture : © domaine public
Edition : Culturea (Hérault, 34)
Contact : infos@culturea.fr
Retrouvez notre catalogue sur http://culturea.fr
Imprimé en Allemagne par Books on Demand
Design typographique : Derek Murphy
Layout : Reedsy (https://reedsy.com/)
ISBN : 9791041818372
Dépôt légal : Juin 2023
Tous droits réservés pour tous pays

LES DEUX GENTILSHOMMES DE VÉRONE

COMÉDIE

NOTICE SUR LES DEUX GENTILSHOMMES DE VÉRONE

Cette pièce, une des moins remarquables de Shakspeare, ressemble à beaucoup d'égards à un roman dialogué: cette idée se fortifie quand on lit, dans la *Diane* de Montemayor, la nouvelle où le poëte a sans doute puisé sa comédie: soit que la *Diane* lui eût été connue dans une traduction, soit qu'un romancier anglais l'eût imitée ou refondue dans un autre ouvrage.

Dans l'épisode de la *Diane*, nous voyons une bergère-amazone sauver trois nymphes de la violence de trois hommes sauvages, et leur raconter ensuite, sur la rive d'une *onde au doux murmure*, comment elle a été la victime des persécutions de Vénus, à qui sa mère, dans une discussion mythologique, avait eu l'indiscrétion de préférer Pallas.

La belle Félismena reçoit un billet de don Félix, qu'elle lit après avoir bien grondé sa suivante, qui a eu l'audace de le lui remettre. Elle aime don Félix et se hâte de lui en faire l'aveu; mais le père du jeune homme s'oppose à leur mariage et envoie son fils dans une cour étrangère, pour lui faire oublier l'engagement qu'il n'approuve pas. Félismena ne peut vivre en son absence; elle se procure des habits de page et va retrouver son amant; mais déjà don Félix en aime une autre, et Félismena, qui passe à son service à la faveur de son déguisement, devient le porteur de ses billets doux. Célie, sa rivale, se prend tout à coup d'une tendre passion pour le page prétendu, et don Félix ne reçoit plus de réponses favorables de sa belle que quand Félismena est son messager. Cependant ce cavalier se désole des rigueurs de Célie: son désespoir devient si grand que Félismena, craignant pour la vie de celui qu'elle aime, se jette aux genoux de sa rivale, qui croit que le page va l'implorer pour lui-même. Furieuse de l'entendre solliciter pour son maître, elle ne peut supporter la vie et meurt de douleur.

Don Félix, à cette nouvelle, part sans dire à personne où il va, et la fidèle Félismena court le monde à sa recherche.

Voilà une partie des circonstances que Shakspeare a évidemment empruntées pour les deux Véronais, mais il a su en ajouter d'autres; et le personnage comique de Launce est une idée originale qui n'appartient qu'à lui. Chaque fois que Launce paraît avec son chien, on est d'abord forcé de rire, quitte à blâmer ensuite la trivialité de quelques plaisanteries. Ces scènes sentent un peu la farce, mais elles sont marquées au coin de l'originalité.

Speed, l'autre valet, est totalement éclipsé par Launce; cependant il prouve à son maître, d'une manière piquante, qu'il est amoureux.

La coquetterie de Julie, quand elle reçoit la lettre de Protéo, est aussi une idée des plus gracieuses; mais, en général, comme Jonson le fait observer, on trouve dans cette pièce un singulier mélange d'art et de négligence qui a fait douter qu'elle fût réellement de Shakspeare. On doit peu s'arrêter à la critique de l'unité de lieu, qui n'a jamais été aussi ouvertement violée par le poëte; mais l'inconséquence du caractère de Protéo est bien plus impardonnable que toutes les fautes contre la géographie et les lois d'Aristote.

La versification des _Deux Gentilshommes de Vérone_ est presque toujours excellente, et on y trouve une foule de détails qu'embellit la poésie la plus riche.

Malone place la composition de cette pièce dans l'année 1596. Elle appartient visiblement à la jeunesse de l'auteur.

***

PERSONNAGES

LE DUC DE MILAN, père de Silvie. VALENTIN,} deux

gentilhommes de Vérone. PROTÉO, } ANTONIO, père de Protéo. THURIO, espèce de fou, ridicule rival de Valentin. ÉGLAMOUR, confident de Silvie, qui favorise son évasion. L'HÔTE chez lequel loge Julie à Milan. SPEED, valet bouffon de Valentin. LAUNCE, valet de Protéo. PANTHINO, valet d'Antonio. JULIE, dame de Vérone aimée de Protéo. SILVIE, fille du duc de Milan, aimée de Valentin. LUCETTE, suivante de Julie. Proscrits. Domestiques, musiciens.

La scène est tantôt à Vérone, tantôt à Milan, et sur les frontières de Mantoue.

ACTE PREMIER

SCÈNE I

VALENTIN, PROTÉO.

VALENTIN.- Cesse de vouloir me persuader, mon cher Protéo; le jeune homme qui demeure toujours dans sa patrie n'a jamais qu'un esprit borné. Si l'amour n'enchaînait pas tes jeunes années aux doux regards d'une amante digne de tes hommages, je t'engagerais à m'accompagner pour voir les merveilles du monde, plutôt que de t'engourdir ici dans une stupide indolence, et d'user ta jeunesse dans une inertie incapable de donner des formes; mais puisque tu aimes, aime toujours, et tâche d'être aussi heureux dans tes amours, que je voudrais l'être moi-même lorsque je commencerai d'aimer.

PROTÉO.- Veux-tu donc me quitter ? Adieu, mon cher Valentin ! Pense à ton Protéo, si par hasard tu vois dans tes voyages quelque objet remarquable et rare, désire de m'avoir avec toi pour partager ton bonheur, lorsqu'il t'arrivera quelque bonne fortune; et dans tes dangers, si jamais le danger t'environne, recommande tes malheurs à mes saintes prières, car je veux être ton intercesseur, Valentin.

VALENTIN.- Oui, et prier pour moi dans un livre d'amour.

PROTÉO.- Je prierai pour toi dans certain livre que j'aime.

VALENTIN.- C'est-à-dire dans quelque sot livre de profond amour comme l'histoire du jeune Léandre qui traversa l'Hellespont[1].

PROTÉO.- C'est une histoire profonde d'un plus profond amour; car Léandre avait de l'amour par-dessus les souliers.

VALENTIN.- Tu dis vrai, car tu as de l'amour par-dessus les bottes et tu n'as pas encore traversé l'Hellespont à la nage.

PROTÉO.- Par-dessus les bottes ? Ne me porte pas de bottes[2].

VALENTIN.- Je m'en garderai bien, car ce serait à propos de bottes[3].

[Note 1: La traduction de Musée, par Marlowe, était populaire et le méritait; son _Héro et Léandre_ serait digne de Dryden.]

[Note 2: *Give me not the boots*, expression proverbiale qui signifie: «Ne te joue pas de moi,» et qui revient à l'ancienne phrase française: «Bailler foin en cornes.»]

[Note 3: Nous avons employé un équivalent à ces mots: *it boots thee not*, «cela t'est inutile.»]

PROTÉO- Comment ?

VALENTIN.- Aimer, pour ne recueillir d'autre fruit de ses gémissements que le mépris, et un timide regard pour les soupirs d'un coeur blessé ! Acheter un moment de joie passagère par les ennuis et les fatigues de vingt nuits d'insomnie ! Si vous réussissez, le succès n'en vaut peut-être pas la peine; si vous échouez, vous n'avez donc gagné que des peines cruelles. Quoi qu'il en soit, l'amour n'est qu'une folie qu'obtient votre esprit, ou votre esprit est vaincu par une folie.

PROTÉO.- Ainsi, à t'entendre, je ne suis qu'un fou ?

VALENTIN.- Ainsi, à t'entendre, je crains bien que tu ne le deviennes.

PROTÉO.- C'est de l'amour que tu médis; je ne suis pas l'amour.

VALENTIN.- L'amour est ton maître, car il te maîtrise; et celui qui se laisse ainsi subjuguer par un fou, ne devrait pas, ce me semble, être rangé parmi les sages.

PROTÉO.- Les auteurs disent cependant que l'amour habite dans les esprits les plus élevés, comme le ver dévorant s'attache au bouton de la plus belle rose.

VALENTIN.- Et les auteurs disent aussi que, comme le bouton le plus précoce est rongé intérieurement par un ver avant qu'il s'épanouisse, de même l'amour porte à la folie les esprits jeunes et tendres; qu'ils se fanent dans la fleur, perdent la fraîcheur de leur printemps, et tout le fruit des plus douces espérances. Mais pourquoi consumer ici le temps à te donner des conseils, puisque tu es tout dévoué à de tendres désirs ? Encore une fois, adieu ! Mon père est sur le port à m'attendre pour me voir monter sur le vaisseau.

PROTÉO.- Et je veux t'y conduire, Valentin.

VALENTIN.- Non, cher Protéo, il vaut mieux nous dire adieu ici. Quand je serai à Milan, que tes lettres m'informent de tes succès en amour, et de tout ce qui pourra arriver ici pendant l'absence de ton ami; je te visiterai aussi par mes lettres.

PROTÉO.- Puisses-tu ne trouver à Milan que le bonheur !

VALENTIN.- Je t'en souhaite autant à Vérone. Adieu !

(Il sort.)

PROTÉO.- Il poursuit l'honneur et moi l'amour; il abandonne ses amis pour les honorer davantage; et moi j'abandonne tout, mes amis et moi-même pour l'amour. C'est toi, Julie, c'est toi qui m'as métamorphosé ! Tu me fais négliger mes études, perdre mon temps, combattre les plus sages conseils et compter pour rien tout l'univers; mon esprit s'affaiblit dans les rêveries, et mon coeur est malade d'inquiétude.

(Entre Speed.)

SPEED.- Seigneur Protéo, Dieu vous garde ! avez-vous vu mon maître ?

PROTÉO.- Il vient de partir d'ici et va s'embarquer pour Milan.

SPEED.- Vingt contre un alors qu'il est embarqué déjà, et j'ai fait le mouton[4] en le perdant.

[Note 4: J'ai fait la bête. Mouton se dit *sheep* en anglais et se prononce comme *ship*, qui veut dire vaisseau. Voilà la clef des équivoques qui suivent.]

PROTÉO.- En effet, le mouton s'égare souvent, si le berger est absent quelque temps.

SPEED.- Vous concluez donc que mon maître est un berger et moi un mouton ?

PROTÉO.- Oui.

SPEED.- Eh bien ! alors mes cornes sont ses cornes, que je dorme ou que je veille.

PROTÉO.- Sotte réponse et digne d'un mouton.

SPEED.- Nouvelle preuve que je suis un mouton.

PROTÉO.- Oui, et ton maître un berger.

SPEED.- Et pourtant je pourrais le nier pour une certaine raison.

PROTÉO.- Cela ira bien mal, si je ne le prouve point par une autre.

SPEED.- Le berger cherche le mouton, et le mouton ne cherche pas le berger; mais moi je cherche mon maître et mon maître ne me cherche pas; je ne suis donc pas un mouton.

PROTÉO.- Le mouton suit le berger pour obtenir du fourrage, et le berger ne suit point le mouton pour un peu de nourriture; tu suis ton maître pour des gages, et ton maître ne te suit pas pour des gages. Donc tu es un mouton.

SPEED.- Encore une preuve semblable, et vous me ferez crier *beh* !

PROTÉO.- Mais, écoute-moi, as-tu remis ma lettre à Julie ?

SPEED.- Oui, monsieur. Moi mouton perdu, j'ai remis votre lettre à Julie, mouton en corset[5], et Julie, mouton en corset, ne m'a rien donné pour ma peine à moi mouton perdu.

PROTÉO.- Voilà un bien petit pâturage pour tant de moutons.

SPEED.- Si la terre en est trop chargée, vous feriez mieux de l'attacher.

PROTÉO.- Non, tu t'égares, il vaudrait mieux te parquer[6].

SPEED.- Oh ! monsieur, je me contenterai de moins d'une livre pour avoir porté votre lettre.

PROTÉO.- Tu te méprends; je veux parler d'un parc[7].

SPEED.- D'une livre à une épingle[8] ? Tournez-la de tous les côtés, c'est trois fois trop peu pour porter une lettre à votre belle.

PROTÉO.- Mais qu'a-t-elle dit ? a-t-elle fait un signe de tête ?

SPEED _fait un signe de tête_.- Bête !

PROTÉO.- Qui appelles-tu bête[9] ?

SPEED.- Vous vous trompez, monsieur, c'est vous qui avez dit bête, puisque vous avez pris la peine de le dire, gardez-le pour votre peine[10].

[Note 5: *Mutton laced* était un terme tellement commun, pour désigner une courtisane, que la rue la plus fréquentée par ces femmes, à Clerkenwell, était appelée _Mutton-lane_.]

[Note 6: Équivoque intraduisible. *Pound,* livre sterling, et *to pound,* parquer.]

[Note 7: Speed feint toujours de prendre un mot pour l'autre.]

[Note 8: _Pin-fold,_ bergerie; *pin,* épingle.]

[Note 9-10: PROTÉO. _Did she nod_ ?- SPEED. *I.*- PROTÉO. _Nod I why ! that is noddy_.- SPEED. _You mistook, sir_.

Nod, signe de tête; *to nod,* faire un signe de tête; *noddy,* nigaud; *I,* je; pauvres équivoques. Le lecteur perd peu de chose si la traduction est impossible.

Selon Pope, cette scène aurait été interpolée par les comédiens.]

PROTÉO.- Non, non, tu le prendras pour avoir porté la lettre.

SPEED.- Fort bien ! je m'aperçois qu'il faut que je supporte avec vous.

PROTÉO.- Comment ! monsieur, que supportez-vous avec moi ?

SPEED.- Pardieu, monsieur, la lettre sans doute, n'ayant que le mot de bête pour ma peine.

PROTÉO.- Malepeste, tu as l'esprit vif !

SPEED.- Et pourtant il ne peut attraper votre bourse paresseuse.

PROTÉO.- Allons, allons, qu'a-t-elle dit ? acquitte-toi promptement de ton message.

SPEED.- Acquittez-vous avec votre bourse, afin que nous soyons quittes tous deux.

PROTÉO.- Eh bien ! voilà pour ta peine; qu'a-t-elle dit ?

SPEED.- Sur ma foi, monsieur, je crois que vous ne la gagnerez pas aisément.

PROTÉO.- Quoi donc ? t'en a-t-elle laissé tant voir ?

SPEED.- Vraiment, monsieur, je n'ai rien vu d'elle; non, non, pas même un ducat pour lui avoir remis votre lettre; et puisqu'elle a été si dure envers moi, qui lui ai porté votre coeur, je crains qu'elle ne soit aussi dure à vous ouvrir le sien; ne lui donnez pas d'autres gages d'amour que des pierres, car elle est aussi dure que l'acier.

PROTÉO.- Comment ! elle ne t'a rien dit ?

SPEED.- Non pas seulement: _Tenez, mon ami, prenez cela pour votre peine_. Pour me prouver votre générosité vous m'avez donné un teston ! Aussi en récompense vous pourrez à l'avenir porter vos lettres vous-même; et ainsi, monsieur, je vous recommanderai à mon maître.

PROTÉO.- Va, pars pour sauver du naufrage ton vaisseau, qui ne peut périr en t'ayant sur son bord; car tu es destiné à périr à terre d'une mort moins humide. Il me faut envoyer quelque autre messager, je craindrais que ma Julie ne dédaignât mes lettres, si elle les recevait d'un aussi indigne facteur.

(Ils sortent.)

SCÈNE II

Vérone. Jardin de la maison de Julie.

JULIE et LUCETTE.

JULIE.- Mais dis-moi donc, Lucette, à présent que nous sommes seules, est-ce que tu voudrais me conseiller de tomber amoureuse[11] ?

[Note 11: Devenir amoureux se dit en anglais: *to fall in love*, tomber en amour; voilà pourquoi Lucette répond en isolant le verbe *to fall*, tomber.]

LUCETTE.- Oui, madame, afin de ne pas trébucher sans vous y attendre.

JULIE.- Et de toute la belle troupe de gentilshommes que tu vois tous les jours me faire la cour, lequel est à ton avis le plus digne d'amour ?

LUCETTE.- S'il vous plait, répétez-moi leurs noms, je vous dirai ce que je pense suivant mes faibles lumières.

JULIE.- Que penses-tu du beau chevalier Églamour[12] ?

[Note 12: Il ne faut pas confondre cet *innamorato* insignifiant avec le chevalier Églamour, personnage que nous trouvons à Milan, et qui a juré fidélité et chasteté sur le tombeau de son épouse.]

LUCETTE.- Que c'est un chevalier au doux langage, élégant et bien tourné. Mais si j'étais vous, il ne serait jamais à moi.

JULIE.- Que penses-tu du riche Mercatio ?

LUCETTE.- Très-bien de sa richesse; mais de sa personne, comme ça.

JULIE.- Et que penses-tu de l'aimable Protéo ?

LUCETTE.- Dieu ! Dieu ! comme la folie s'empare quelquefois de nous !

JULIE.- Comment donc ? Et pourquoi cette exclamation à propos de son nom ?

LUCETTE.- Je vous demande pardon, madame, il est honteux à moi, petite créature que je suis, de juger ainsi d'aimables cavaliers.

JULIE.- Et pourquoi ne pas traiter Protéo comme les autres ?

LUCETTE.- Eh bien ! alors, ils sont tous bien; mais je le trouve le plus aimable.

JULIE.- Et ta raison ?

LUCETTE.- Je n'en ai pas d'autre qu'une raison de femme. Je le trouve le plus aimable, parce que je le trouve le plus aimable.

JULIE.- Et tu voudrais donc que mon amour se fixât sur lui ?

LUCETTE.- Oui, si vous pensiez que c'est ne pas le mal placer.

JULIE.- Eh bien ! c'est celui de tous qui a fait le moins d'impression sur moi.

LUCETTE.- Je crois cependant qu'il est celui de tous qui vous aime le plus.

JULIE.- Si peu de paroles indiquent un amour bien faible.

LUCETTE.- Le feu le mieux renfermé est celui qui brûle le plus.

JULIE.- Ils n'aiment pas, ceux qui ne montrent point leur amour.

LUCETTE.- Oh ! ils aiment bien moins encore, ceux qui font connaître leur amour à tout le monde.

JULIE.- Je voudrais savoir ce qu'il pense.

LUCETTE.- Lisez cette lettre, madame.

JULIE, _à Lucette_.- Dis-moi de quelle part ?

LUCETTE.- Vous le verrez en la lisant.

JULIE.- Dis-moi, dis qui te l'a donnée.

LUCETTE.- Le page du seigneur Valentin, qui, à ce que je pense, était envoyé par Protéo. Il voulait vous la remettre à vous-même; mais, comme il m'a trouvée par les chemins, je l'ai reçue en votre nom: pardonnez-moi ma faute, madame.

JULIE.- Vraiment, sur mon honneur, vous êtes une excellente négociatrice ! Comment osez-vous vous prêter à recevoir des lettres amoureuses et à conspirer contre ma jeunesse ? Croyez-moi, vous choisissez là un bel emploi, et qui vous convient à merveille ! Tenez, reprenez ce papier; songez à le rendre, ou ne reparaissez jamais devant moi.

LUCETTE.- Quand on plaide pour l'amour, on mérite une autre récompense que la haine.

JULIE.- Voulez-vous sortir ?

LUCETTE.- Afin de vous donner le loisir de réfléchir.

(Elle sort.)

JULIE, *seule*.- Et cependant je voudrais bien avoir parcouru cette lettre. Il serait honteux maintenant de la rappeler et d'aller la prier de faire une faute pour laquelle je viens de la gronder. Qu'elle est insensée ! comment ? Elle sait que je suis fille, et elle ne me force pas de lire cette lettre ! car les filles, par pudeur[13], disent *non*, et voudraient que le questionneur interprétât ce *non* par *oui*. Fi donc ! fi donc ! que l'amour est fantasque et bizarre ! il ressemble à un enfant capricieux qui égratigne sa nourrice, et qui l'instant d'après, tout humilié, baise la verge. Avec quelle brutalité j'ai chassé Lucette, lorsque j'aurais désiré qu'elle restât ici ! avec quelle dureté je me suis étudiée à lui montrer un front irrité, lorsqu'une joie intérieure forçait mon coeur à sourire ! allons, ma pénitence sera de rappeler Lucette et de lui demander pardon de ma folie.- Lucette ! Lucette !

[Note 13: *Les filles disent non et le prennent*. Vieux proverbe.]

(Lucette rentre.)

LUCETTE.- Que désirez-vous, madame ?

JULIE.- Est-il bientôt l'heure de dîner ?

LUCETTE.- Je le voudrais, afin que vous pussiez passer votre mauvaise humeur[14] sur le dîner et non sur votre suivante.

[Note 14: *Stomach*, estomac. Appétit et dépit, mauvaise humeur. *Meat* et *maid* sont aussi des mots de son presque analogue.]

JULIE.- Qu'est-ce donc que vous relevez là si doucement ?

LUCETTE.- Rien.

JULIE.- Pourquoi donc vous êtes-vous baissée ?

LUCETTE.- Pour ramasser un papier que j'avais laissé tomber.

JULIE.- Et n'est-ce donc rien que ce papier ?

LUCETTE.- Non, rien qui me regarde.

JULIE.- Alors, laissez-le à terre pour ceux qu'il regarde.

LUCETTE.- Madame, il ne peut leur en imposer, si on l'interprète bien.

JULIE.- C'est quelque amant sans doute qui vous a écrit une lettre en vers.

LUCETTE.- Pour que je puisse chanter ces vers, madame, donnez-moi un air; je vous prie; vous en savez plusieurs.

JULIE.- J'en ai le moins possible pour de telles bagatelles; il vaudrait mieux les chanter sur l'air: _Lumière d'amour_[15].

LUCETTE.- Ils sont trop lourds pour un air si léger.

JULIE.- Lourds ! sans doute qu'ils sont chargés d'un refrain[16] ?

LUCETTE.- Oui, et qui serait mélodieux si vous le chantiez.

JULIE.- Pourquoi ne le chanteriez-vous pas vous-même ?

LUCETTE.- Je ne puis monter si haut.

JULIE.- Voyons votre chanson.- Eh bien ! mignonne ?

LUCETTE.- Continuez sur ce ton et vous la chanterez, et pourtant je n'aime pas ce ton-là.

JULIE.- Vous ne l'aimez pas ?

LUCETTE.- Non madame, il est trop aigu[17].

JULIE.- Et vous, mignonne, trop impertinente.

LUCETTE.- Ah ! maintenant vous êtes trop dans le mineur[18], et vous détruisez l'harmonie par une dissonance trop dure; il ne manque qu'un ténor pour accompagner votre chanson.

[Note 15: *Light of love*, lumière d'amour ou légère d'amour.]

[Note 16: *Burden*, refrain ou fardeau.]

[Note 17: *You are too sharp*, vous êtes trop dans le _dièze_, équivoque sur le mot *sharp*.]

[Note 18: *You are too flat*, vous êtes trop dans le _bémol_.]

JULIE.- Le ténor est étouffé par votre basse continue.

LUCETTE.- A vrai dire, je fais la basse pour Protéo.

JULIE.- Ce bavardage ne m'importunera plus; voici le billet avec la protestation (_Elle déchire la lettre_.) Allez, allez-vous-en, et laissez là ce papier, vous voudriez le toucher pour me mettre en colère.

LUCETTE.- Elle s'y prend d'une manière étrange, mais elle serait charmée d'avoir à se fâcher pour une seconde lettre.

(Elle sort.)

JULIE, *seule*.- Ah ! plût à Dieu que je ressentisse ce courroux contre cette lettre ! O mains haïssables, d'avoir déchiré des paroles si tendres ! Ingrats frelons, qui vous nourrissez du miel le plus doux et qui percez de vos dards l'abeille qui vous le donne ! Pour expier ma faute, je baiserai chaque fragment de cette lettre. Ici est écrit: _tendre Julie_; ah ! plutôt _cruelle Julie !_ Pour te punir de ton ingratitude, je jette ton nom sur ces pierres et je foule à mes pieds ton dédain. Voyez. Ici est écrit: _Protéo blessé d'amour_. Pauvre nom blessé, je veux te recueillir dans mon sein comme dans un lit, jusqu'à ce que ta blessure soit bien guérie, et voilà comme je la soude avec un baiser souverain. Mais le nom de _Protéo_ était écrit plusieurs fois.....- Retiens ton haleine, bon zéphyr, n'emporte pas un seul mot, et que je retrouve chaque syllabe de la lettre..... excepté mon nom; pour lui, qu'un tourbillon l'enlève sur la cime affreuse d'un rocher désert suspendu sur les eaux, et que de là il l'entraîne dans les flots de la mer irritée ! Vois, dans une seule ligne son nom est écrit deux fois: _Le pauvre malheureux Protéo, le passionné Protéo..... à la douce Julie_; oui, je veux mettre ces derniers mots en pièces.- Et cependant, non. Il a si bien su les réunir à son nom infortuné, que je veux les plier ensemble. Allons, baisez-vous, embrassez-vous, disputez-vous, faites ce que vous voudrez.

(Lucette revient.)

LUCETTE.- Madame, le dîner est prêt, et votre père vous attend.....

JULIE.- Eh bien ! allons.

LUCETTE.- Comment ? Est-ce que ces papiers vont raconter des histoires ?

JULIE.- Si vous en faites cas, il vaut mieux les relever.

LUCETTE.- Moi, l'on m'a _relevée_ pour les avoir posés à terre; cependant il ne faut pas qu'il y restent, de peur qu'ils n'y prennent froid.

JULIE.- Je vois que vous vous souvenez de loin.

LUCETTE.- Vraiment, madame, vous pouvez dire ce que vous voyez. Je vois aussi les choses, bien que vous vous imaginiez que je ferme les yeux.

JULIE.- Allons, allons, vous plaît-il de me suivre ?

(Elles sortent.)

SCÈNE III

Appartement de la maison d'Antonio.

ANTONIO ET PANTHINO.

ANTONIO.- Dites-moi, Panthino, quel est le grave discours que mon frère vous tenait dans le cloître ?

PANTHINO.- Il parlait de son neveu Protéo, de votre fils.

ANTONIO.- Et qu'en a-t-il dit ?

PANTHINO.- Il s'étonne que Votre Seigneurie souffre qu'il passe ici sa jeunesse, tandis que tant d'autres pères, de moindre distinction, envoient voyager leurs fils pour chercher de l'avancement, les uns à la guerre pour y tenter fortune, les autres à la découverte des îles lointaines[19], d'autres pour s'instruire dans les universités savantes. Il dit que votre fils Protéo était propre à réussir dans la plupart de ces exercices, et même dans tous; et il me conjurait de vous importuner de ne plus lui laisser perdre son temps au logis, car ce serait un grand inconvénient pour lui, dans un âge avancé, de ne pas avoir voyagé dans sa jeunesse.

[Note 19: Les fils de bonne maison voyageaient fréquemment du temps de Shakspeare, qui regardait les voyages comme propres à former le caractère et les idées.]

ANTONIO.- Tu n'as pas grand besoin de m'importuner pour cela; il y a plus d'un mois que j'y rêve. J'ai bien remarqué la perte de son temps, et comment, sans l'étude et la connaissance du monde, il ne peut jamais devenir un homme parfait. L'expérience s'acquiert par l'application et se perfectionne pas le cours rapide du temps. Dis-moi donc où il serait le plus à propos de l'envoyer.

PANTHINO.- Je pense que Votre Seigneurie n'ignore pas que son ami, le jeune Valentin, est attaché à la cour royale de l'empereur[20].

[Note 20: Les empereurs tenaient quelquefois leur cour à Milan; mais, à peine le poëte nous y aura-t-il conduits qu'il nous introduira, on ne sait par quel caprice, à la cour du duc.]

ANTONIO.- Je le sais.

PANTHINO.- Il serait bon, ce me semble, d'y envoyer aussi votre fils;

là il pourra s'exercer dans les joutes et les tournois, entendre un beau langage, converser avec des hommes d'un sang illustre, et se former à tous les exercices dignes de sa jeunesse et de la noblesse de sa naissance.

ANTONIO.- J'aime tes avis, tu m'as très-bien conseillé; et, pour montrer combien j'approuve ton projet, je veux que sur-le-champ il soit exécuté, et que mon fils parte le plus tôt possible pour la cour de l'empereur.

PANTHINO.- Demain, si cela vous convient, il peut accompagner Alphonse et quelques autres gentilshommes de bonne réputation, qui vont saluer l'empereur et lui offrir leurs services.

ANTONIO.- Bonne compagnie; demain Protéo partira avec eux; et, puisque le voici fort à propos, je vais lui déclarer net ma résolution.

(Entre Protéo.)

PROTÉO, _à l'écart._- O douce amie ! douces lignes ! douce existence ! Voilà sa main ! l'interprète de son coeur ! Voici ses serments d'amour, et le gage de son honneur. Ah ! si nos pères pouvaient approuver nos amours, et sceller par leur consentement notre bonheur. O céleste Julie !

ANTONIO.- Comment ! Quelle est donc cette lettre que vous lisez là ?

PROTÉO.- Sous le bon plaisir de Votre Seigneurie, ce sont deux mots d'amitié que m'envoie Valentin, et qui m'ont été remis par un ami qui arrive de Milan.

ANTONIO.- Prêtez-moi cette lettre, que je voie les nouvelles.

PROTÉO.- Il n'y a aucune nouvelle, seigneur; il m'écrit seulement combien la vie qu'il mène est heureuse, combien il est aimé par l'empereur; il me souhaite avec lui pour partager son bonheur.

ANTONIO.- Et que pensez-vous de son désir ?

PROTÉO.- Je pense, seigneur, comme un fils obéissant qui dépend de son père, et non des voeux de l'amitié.

ANTONIO.- Ma volonté s'accorde parfaitement avec son désir; n'allez pas hésiter sur un parti que je vous propose si brusquement; car ce que je veux, je le veux, et tout finit là. Je suis décidé à vous envoyer passer quelque temps, avec Valentin, à la cour de l'empereur. Vous recevrez de moi une pension semblable à celle que sa famille lui donne pour sa subsistance. Soyez prêt à partir dès demain: point de prétextes. Je le veux absolument.

PROTÉO.- Mais, seigneur, je ne puis pas sitôt être pourvu de tout; je vous conjure de m'accorder un jour ou deux.

ANTONIO.- Vois-tu, tout ce dont tu auras besoin, on te l'enverra quand tu seras parti; plus de retard; il faut partir demain. Suis-moi, Panthino; tu vas t'occuper de hâter ses préparatifs.

(Antonio et Panthino sortent.)

PROTÉO, *seul*.- Ainsi j'ai évité le feu dans la crainte de me brûler, et je me suis jeté dans la mer où je me suis noyé. Je craignais de montrer à mon père la lettre de Julie, de peur qu'il n'eût des objections à mon amour; ct c'cst dc mon excuse même qu'il se prévaut contre mon amour. Oh ! que le printemps de l'amour ressemble bien à l'éclat incertain d'un jour d'avril, qui tantôt montre toute la beauté du soleil, et qu'à chaque instant un nuage vient obscurcir !

(Panthino revient.)

PANTHINO.- Seigneur Protéo, votre père vous demande. Il est très-pressé: ainsi, je vous prie, allez vite.

PROTÉO.- Quoi, j'en suis là ! Mon coeur y consent, et mille fois cependant il me dit *non*.

(Ils sortent.)

FIN DU PREMIER ACTE.

ACTE DEUXIÈME

SCÈNE I

Milan. Appartement dans le palais du duc.

VALENTIN et SPEED.

SPEED.- Votre gant, monsieur.

VALENTIN.- Ce n'est pas le mien; j'ai mes gants.

SPEED.- Celui-ci, cependant, pourrait bien être aussi le vôtre, quoiqu'il n'y en ait qu'un[21].

[Note 21: Il paraît que *on* et *one* se prononçaient jadis de même. Speed joue ici sur ces deux mots.]

VALENTIN.- Laisse-moi le voir; ah ! oui, donne, il est à moi ! doux ornement qui pare une main divine !- Ah ! Silvie, Silvie !

SPEED.- Madame Silvie ! madame Silvie !

VALENTIN.- Eh bien ! faquin.

SPEED.- Oh ! monsieur, elle n'est pas là pour nous entendre.

VALENTIN.- Qui t'a commandé de l'appeler ?

SPEED.- Vous-même, monsieur, ou je ne vous ai pas bien compris.

VALENTIN.- Je vous dis que vous êtes trop empressé.

SPEED.- Et j'ai été grondé hier d'être trop lent.

VALENTIN.- Allons, c'est bien; dis-moi si tu connais madame Silvie !

SPEED.- Celle qu'aime Votre Honneur ?

VALENTIN.- Comment sais-tu que je l'aime ?

SPEED.- Ma foi ! par tous ces signes particuliers: d'abord, vous avez appris, à l'exemple du seigneur Protéo, à croiser vos bras comme un homme mécontent, à goûter une chanson d'amour comme un rouge-gorge, à vous promener seul comme un pestiféré, à soupirer comme un écolier qui a perdu son *A b c*, à pleurer comme une jeune fille qui vient d'enterrer sa grand'mère, à jeûner comme un malade qui est à la diète, à veiller les nuits comme un homme qui craint les voleurs, à parler d'un ton plaintif comme un mendiant à la Toussaint[22]. Vous aviez coutume, quand vous vous mettiez à rire, de chanter comme un coq; quand vous vous promeniez, vous aviez la démarche assurée du lion; quand vous jeûniez, ce n'était jamais qu'immédiatement après le dîner; quand vous étiez triste, c'était parce que vous manquiez d'argent; et à présent votre maîtresse a opéré en vous une si grande métamorphose que, lorsque je vous regarde, je puis à peine croire que vous soyez mon maître.

[Note 22: C'est aux approches de l'hiver que les mendiants abondent.]

VALENTIN.- Est-ce qu'on remarque en moi tous ces signes-là ?

SPEED.- Hors de vous.

VALENTIN.- Hors de moi ? ce n'est pas possible !

SPEED.- Oui, hors de vous. Et rien n'est plus vrai, car *hors vous* personne ne serait aussi simple. Mais vous êtes si certainement _hors de vous_[23], grâce à ces folies, que ces folies sont en vous et brillent au travers de vous-même, comme l'urine dans un vase, de sorte qu'aucun oeil ne vous peut voir sans faire comme un médecin et deviner votre maladie.

[Note 23: *Without* signifie *dehors* et *sans, hors, hormis*.]

VALENTIN.- Mais réponds-moi donc; connais-tu madame Silvie ?

SPEED.- Celle sur qui vous fixez toujours les yeux au souper ?

VALENTIN.- L'as-tu remarqué ?- Eh bien ! c'est elle-même.

SPEED.- Non, monsieur, je ne la connais pas.

VALENTIN.- Tu as remarqué que j'attachais mes yeux sur elle, et cependant tu ne la connais pas ?

SPEED.- Elle n'est pas disgraciée, seigneur[24] ?

[Note 24: _Hard favoured_; le mot *favour* veut dire _grâce du visage_.]

VALENTIN.- Non, mon garçon ! elle a plus de grâce que de beauté.

SPEED.- Monsieur, je sais bien cela.

VALENTIN.- Que sais-tu ?

SPEED.- Qu'elle n'est pas aussi bien dans sa personne que dans vos bonnes grâces.

VALENTIN.- Je veux dire que sa beauté est exquise, mais que ses grâces sont infinies.

SPEED.- C'est parce que l'une est peinte et que les autres sont sans mesure.

VALENTIN.- Que veux-tu dire par *peinte* et sans mesure[25] ?

[Note 25: *Out of count*, hors de compte.]

SPEED.- Vraiment, monsieur, elle s'est tellement peinte pour se rendre belle, que personne ne se donne la peine de mesurer sa beauté.

VALENTIN.- Et pour qui me prends-tu, moi qui fais grand cas de sa beauté ?

SPEED.- Vous ne l'avez jamais vue depuis qu'elle est enlaidie.

VALENTIN.- Y a-t-il longtemps qu'elle est enlaidie ?

SPEED.- Depuis que vous l'aimez.

VALENTIN.- Je l'ai toujours aimée depuis que je l'ai vue, et je la trouve toujours belle.

SPEED.- Si vous l'aimez, vous ne pouvez pas la voir.

VALENTIN.- Pourquoi ?

SPEED.- Parce *que* l'amour est aveugle. Oh ! si vous aviez mes yeux, ou si les vôtres étaient encore aussi clairvoyants qu'ils l'étaient lorsque vous reprochiez à Protéo d'aller sans jarretières !

VALENTIN.- Que verrais-je donc ?

SPEED.- Votre folie actuelle et son extrême laideur; car Protéo, étant amoureux, n'y voyait plus pour attacher ses bas; et vous, amoureux à votre tour, vous n'y voyez pas pour mettre les vôtres.

VALENTIN.- Alors, mon garçon, tu es amoureux aussi, à ce qu'il me paraît ? car hier au matin tu n'as pas pu voir à nettoyer mes souliers.

SPEED.- Cela est vrai, monsieur; j'étais amoureux de mon lit: je vous remercie de m'avoir secoué pour mon amour; j'en suis devenu plus hardi à vous tancer sur le vôtre.

VALENTIN.- Enfin je demeure[26] amoureux d'elle.

[Note 26: Opposition entre les verbes *to stand*, rester debout, et *set*, partir, ou *sit*, s'asseoir.]

SPEED.- Je voudrais que vous *partissiez*, votre amour aurait bientôt cessé.

VALENTIN.- Hier au soir, elle m'a ordonné d'écrire des vers à quelqu'un qu'elle aime.

SPEED.- Et vous avez écrit ?

VALENTIN.- Oui.

SPEED.- N'avez-vous point écrit un peu de travers ?

VALENTIN.- Je m'en suis acquitté de mon mieux. Mais silence, la voici elle-même.

(Entre Silvie.)

SPEED, _à part_.- O la bonne pièce ! ô l'excellente marionnette ! Il va maintenant lui servir d'interprète.

VALENTIN.- Madame et souveraine maîtresse, mille bonjours.

SPEED, _à part_.- Oh ! donnez-nous un _bonsoir_, cela vaut un million de compliments.

SILVIE.- Monsieur Valentin, mon serviteur[27], je vous en souhaite deux mille.

[Note 27: Au temps de Shakspeare les dames appelaient leurs amants leurs serviteurs. Nous voyons encore dans _le Devin du village_:

J'ai perdu mon serviteur...]

SPEED.- Ce serait à mon maître à lui payer l'intérêt, et c'est elle qui le lui paye.

VALENTIN.- Comme vous me l'avez ordonné, j'ai écrit votre lettre à cet heureux ami que vous ne nommez pas; j'aurais eu beaucoup de répugnance à la continuer, sans mon obéissance envers votre Seigneurie.

SILVIE.- Je vous remercie, mon aimable serviteur; c'est fait très-habilement.

VALENTIN.- Croyez-moi, madame, cela a été rude, car ne sachant à qui elle est adressée, j'écrivais à l'aventure, avec beaucoup d'incertitude.

SILVIE.- Peut-être trouvez-vous que cela vous a donné trop d'embarras ?

VALENTIN.- Non, madame; si cela vous est utile, commandez-moi d'en écrire mille fois davantage; et cependant.....

SILVIE.- Une très-jolie phrase ! Bien, je devine le reste; et cependant je ne le dirai pas..... cependant je ne m'en embarrasse guère... et cependant reprenez cette lettre... Cependant je vous remercie, ne voulant plus, monsieur, vous importuner à l'avenir.

SPEED, _à part_.- Oh ! cependant vous y reviendrez; et nous entendrons cependant encore un autre *cependant*.

VALENTIN.- Que veut dire Votre Seigneurie ? Cette lettre ne vous plaît pas ?

SILVIE.- Oui, oui, les vers sont très-bien écrits; mais puisque vous l'avez fait avec répugnance, reprenez-les.- Reprenez-les donc.

VALENTIN.- Madame, ils sont pour vous.

SILVIE.- Oui, oui, vous les avez écrits, monsieur, à ma prière; mais je n'en veux pas, ils sont pour vous; j'aurais désiré qu'ils fussent inspirés par un sentiment plus tendre.

VALENTIN.- Si vous le désirez, madame, je vais en recommencer une autre.

SILVIE.- Et quand elle sera écrite, lisez-la pour l'amour de moi. Si elle vous plaît, c'est bien; sinon, alors, c'est bien encore.

VALENTIN.- Si elle me plaît, madame ! Quoi donc ?

SILVIE.- Oui, si elle vous plaît, gardez-la pour votre peine, et bonjour, mon serviteur.

(Elle sort.)

SPEED.- O finesse inaperçue, inexplicable, invisible comme le nez au milieu du visage ou une girouette sur la pointe d'un clocher. Mon maître lui fait la cour, et elle a enseigné à son amant, qui était son écolier, le moyen de devenir son professeur. O l'excellente ruse ! en imagina-t-on jamais une plus adroite ? Comment ! choisir mon maître pour secrétaire, pour s'écrire la lettre à lui-même !

VALENTIN.- Eh bien ! faquin, sur quoi raisonnes-tu là tout seul ?

SPEED.- Moi, monsieur, je faisais des rimes. C'est vous qui avez la raison.

VALENTIN.- De faire quoi ?

SPEED.- De servir d'interprète à madame Silvie.

VALENTIN.- Pour qui ?

SPEED.- Pour vous-même. Comment ! elle vous fait la cour par figure ?

VALENTIN.- Quelle figure ?

SPEED.- Par une lettre, veux-je dire.

VALENTIN.- Mais elle ne m'a point écrit.

SPEED.- A quoi bon vous écrire, puisqu'elle vous a fait écrire à vous-même ? Comment ! vous ne vous apercevez pas de l'artifice ?

VALENTIN.- Non, crois-moi.

SPEED.- Non certainement, en vous croyant, monsieur; mais vous n'avez donc pas remarqué ses instances[28] ?

[Note 28: *Her earnest*, son air sérieux, ses instances, et aussi *ses arrhes*. Speed ne laisse pas échapper une seule occasion de faire un jeu de mots.]

VALENTIN.- Elle ne m'a rien donné qu'un reproche.

SPEED.- Mais elle vous a donné une lettre ?

VALENTIN.- C'est la lettre que j'ai écrite à son ami.

SPEED.- Cette lettre, elle l'a remise; et voilà qui explique tout.

VALENTIN.- Je voudrais bien qu'il n'y eût rien de pire.

SPEED.- Je vous garantis que c'est comme je vous le dis: _car vous lui avez souvent écrit, et elle, par modestie ou faute d'un moment de loisir, elle n'a pu vous répondre, peut-être aussi elle a craint qu'un messager ne trahît le secret de son coeur, et voilà pourquoi elle a voulu que son amant lui-même écrivît à son amant_. Tout ce que je vous dis est vrai à la lettre.- Mais à quoi rêvez-vous là, monsieur ? voici l'heure de dîner.

VALENTIN.- J'ai dîné.

SPEED.- Fort bien; mais écoutez-moi, monsieur: quoique l'Amour, ce caméléon[29], puisse vivre d'air, je suis un de ceux qui se nourrissent de mets solides, et je voudrais bien avoir à manger. Ah ! ne soyez pas comme votre maîtresse; laissez-vous émouvoir, laissez-vous émouvoir.

(Ils sortent.)

[Note 29: On a cru longtemps que le caméléon se nourrissait d'air.]

SCÈNE II

Vérone.- Appartement dans la maison de Julie.

Entrent PROTÉO, JULIE.

PROTÉO.- Prenez patience, ma chère Julie.

JULIE.- Il le faut bien, puisqu'il n'y a plus de remède.

PROTÉO.- Aussitôt qu'il me sera possible, je reviendrai.

JULIE.- Si vous ne changez pas, votre retour sera bien plus prompt. Gardez ce souvenir pour l'amour de Julie.

(Elle lui donne son anneau.)

PROTÉO.- Alors, nous ferons donc un échange; tenez, prenez ceci.

JULIE.- Scellons cet accord d'un tendre et saint baiser.

PROTÉO.- Voici ma main pour gage d'une éternelle constance; et si jamais il se passe une heure dans le jour où je ne soupire pas pour ma Julie, que l'heure suivante m'amène quelque grand malheur qui me punisse d'avoir oublié mon amante ! Mon père m'attend; ne me répondez plus rien. C'est l'heure de la marée, non pas celle de tes larmes. Ces flots-là m'arrêteraient plus longtemps que je ne dois. (_Julie sort._)- Adieu, ma Julie.- Quoi ! elle me quitte sans dire une parole.- Ah ! c'est là le véritable amour; il ne peut parler; et la sincérité se prouve mieux par les actions que par les paroles.

(Arrive Panthino.)

PANTHINO.- Seigneur Protéo, on vous attend.

PROTÉO.- Allons, je viens, je viens. Hélas ! cette séparation rend les pauvres amants muets.

(Ils sortent.)

SCÈNE III

Milan.- Une rue.

LAUNCE *entre en conduisant un chien.*

LAUNCE.- Non, cette heure se passera encore avant que j'aie fini de pleurer; toute la race des Launce a ce défaut. J'ai reçu ma part comme l'enfant prodigue, et je vais accompagner le seigneur Protéo à la cour de l'empereur. Je crois que mon chien *Crab* est le plus insensible des chiens; ma mère pleurait, mon père gémissait, ma soeur criait, notre servante hurlait, notre chat se tordait les *mains*, et toute la maison était dans la plus profonde douleur; et cependant ce roquet au coeur dur n'a pas versé une larme.- C'est une pierre, un véritable caillou, et il n'y a pas plus de pitié en lui que dans un chien. Un *juif* aurait pleuré en voyant nos adieux; au point que ma grand'mère, qui n'a point d'yeux, s'est rendue aveugle à force de pleurer à notre séparation.- Voyons, je vais vous montrer comme tout cela est arrivé.- Ce soulier est mon père; non, ce soulier gauche, c'est mon père; non, non, ce soulier gauche est ma mère; non, cela ne peut pas être non plus.- Oui, c'est cela, c'est cela.- Il a la plus mauvaise semelle.- Ce soulier qui est percé, c'est ma mère; et celui-ci, c'est mon père.- Je veux être pendu si cela n'est pas vrai.- A présent, monsieur, ce bâton est ma soeur; car, vous le voyez, elle est blanche comme un lis, et elle est aussi mince qu'une baguette. Ce chapeau, c'est Annette, notre servante; je suis le chien; non, le chien est lui-même, et je suis le chien.- Ha ! ha ! le chien est moi, et je suis moi !- Oui. oui, c'est cela.- Maintenant, je m'en vais à mon père: _Mon père, votre bénédiction._- Maintenant, le soulier devrait tant pleurer, qu'il ne peut dire un mot.- Maintenant j'embrasse mon père; eh bien ! il pleure encore davantage.- Maintenant je vais à ma mère. Oh ! si à présent elle pouvait parler ! mais elle est comme une femme de bois. Allons, que je l'embrasse.- Oui, et voilà que ma mère a perdu la respiration. Maintenant je m'en vais à ma soeur.- Entendez-vous ses gémissements ?- Et le chien pendant tout ce temps-là ne répand pas une larme, ne dit pas un mot. Mais voyez comme j'abats ici la poussière avec mes larmes !

(Entre Panthino.)

PANTHINO.- Launce, allons, allons, à bord. Ton maître est déjà sur le vaisseau, et il te faut courir après lui à force de rames. Qu'y a-t-il donc ? pourquoi pleures-tu ? Allons, baudet, tu perdras la marée si tu restes ici plus longtemps.

LAUNCE.- Qu'importe que la marée soit perdue ! c'est le plus cruel amarré que jamais homme ait _amarré_[30].

[Note 30: Amarré, attaché.]

PANTHINO.- Que veux-tu dire par marée cruelle ?

LAUNCE.- Eh ! celui qui est _amarré_ ici. *Crab*, mon chien.....

PANTHINO.- Bah ! imbécile; je veux dire que tu perdras _le flux_; et en perdant *le flux*, tu perdras ton voyage; et perdant ton voyage, tu perdras ton maître, et perdant ton maître, tu perdras ton service; perdant ton service... pourquoi veux-tu me fermer la bouche ?

LAUNCE.- De peur que tu ne perdes ta langue.

PANTHINO.- Comment pourrais-je perdre ma langue ?

LAUNCE.- Dans ton conte.

PANTHINO.- Dans ta queue[31].

LAUNCE.- Moi, perdre la marée, le voyage, le maître et le service ?- La marée ! tu ne sais donc pas que si la mer était tarie, je la remplirais de mes larmes; et que si les vents étaient tombés, je pousserais le bateau avec mes soupirs ?

PANTHINO.- Allons, partons, Launce; on m'a envoyé t'appeler.

LAUNCE.- Appelle-moi[32] comme tu voudras.

PANTHINO.- Veux-tu t'en aller ?

LAUNCE.- Oui, je m'en vais.

(Ils sortent.)

[Note 31: *Tail*, queue, et *tale* conte, se prononcent de même.]

[Note 32: *To call*, appeler, chercher.]

SCÈNE IV

Milan.- Appartement dans le palais du duc.

VALENTIN, SILVIE, THURIO et SPEED.

SILVIE.- Mon serviteur !

VALENTIN.- Ma maîtresse !

SPEED.- Monsieur, le seigneur Thurio ne vous voit pas d'un bon oeil.

VALENTIN.- Oui, mon garçon, c'est l'amour qui en est cause.

SPEED.- Pas l'amour qu'il a pour vous.

VALENTIN.- Alors celui qu'il a pour ma maîtresse ?

SPEED.- Il serait bon que vous le corrigeassiez.

SILVIE, _à Valentin_.- Mon serviteur, vous êtes triste.

VALENTIN.- Il est vrai que je le parais.

THURIO.- Paraissez-vous ce que vous n'êtes pas ?

VALENTIN.- Cela est possible.

THURIO.- Vous vous contrefaites donc ?

VALENTIN.- Comme vous.

THURIO.- En quoi parais-je ce que je ne suis pas ?

VALENTIN.- Sage.

THURIO.- Quelle preuve avez-vous du contraire ?

VALENTIN.- Votre folie.

THURIO.- Et où trouvez-vous ma folie ?

VALENTIN.- Je la trouve dans votre pourpoint[33].

[Note 33: _To quote_, citer, et _coat_, habit, se prononcent de même.]

THURIO.- Mon pourpoint est un doublé.

VALENTIN.- Eh bien ! je doublerai votre folie.

THURIO.- Comment ?

SILVIE.- Quoi, vous êtes fâché, seigneur Thurio ? Vous changez de couleur.

VALENTIN.- Laissez-le faire, madame, c'est une espèce de _caméléon_.

THURIO.- Qui a beaucoup plus d'envie de vivre de votre sang que de _votre air_.

VALENTIN.- Vous avez dit, monsieur ?

THURIO.- Oui, monsieur, et fini aussi pour cette fois.

VALENTIN.- Je le sais, monsieur; vous avez toujours fini avant de commencer.

SILVIE.- Une jolie volée de paroles, messieurs, et vivement tuées.

VALENTIN.- Cela est vrai, madame, et nous en remercions la _donneuse_.

SILVIE.- Et qui est-ce, mon serviteur ?

VALENTIN.- Vous-même, madame, car vous nous avez donné le feu. M. Thurio emprunte son esprit aux regards de Votre Seigneurie, et il dépense gracieusement ce qu'il emprunte en votre compagnie.

THURIO.- Monsieur, si vous dépensiez avec moi parole pour parole, j'aurais bientôt fait faire banqueroute à votre esprit.

VALENTIN.- Je le sais bien, monsieur; vous tenez une banque de paroles, et c'est, je pense, la seule monnaie dont vous payez vos gens; car il paraît, à leur livrée râpée, qu'ils ne vivent que de paroles toutes sèches.

SILVIE.- C'en est assez, messieurs, c'en est assez; voici mon père.

(Le duc entre.)

LE DUC.- Eh bien ! Silvia, ma fille, te voilà serrée de bien près, te voilà fortement assiégée.- Seigneur Valentin, votre père est en bonne santé. Que diriez-vous à la lettre d'un de vos amis qui vous annonce de très-bonnes nouvelles ?

VALENTIN.- Monseigneur, je serai reconnaissant envers tout messager venu de là qui m'apportera de bonnes nouvelles.

LE DUC.- Connaissez-vous don Antonio, votre compatriote ?

VALENTIN.- Oui, mon bon seigneur; je le connais pour un gentilhomme de considération et d'une grande réputation, et son mérite n'est point au-dessous de sa grande réputation.

LE DUC.- N'a-t-il pas un fils ?

VALENTIN.- Oui, monseigneur, et un fils qui mérite bien l'estime et l'honneur d'un tel père.

LE DUC.- Vous le connaissez bien.

VALENTIN.- Je le connais comme moi-même, car dès la plus tendre enfance nous avons été liés et nous avons passé nos jours ensemble. Pour moi, je n'ai jamais été qu'un paresseux qui perdais le précieux bienfait du temps, au lieu de revêtir ma jeunesse de célestes perfections. Mais pour Protéo (car c'est ainsi qu'on le nomme), il fait le plus digne usage de ses journées. Il est très-jeune d'années, mais il est vieux d'expérience. Sa tête n'est point encore mûrie par le temps, mais son jugement est mûr; en un mot (car son mérite est au-dessus de tous mes éloges), il est accompli de personne et d'esprit, avec toute la bonne grâce qui peut orner un gentilhomme.

LE DUC.- Vraiment, seigneur Valentin, s'il tient ce que vous promettez, il est aussi digne d'être l'amant d'une impératrice que propre à être le conseiller d'un empereur. Eh bien ! monsieur, ce gentilhomme vient d'arriver à ma cour, recommandé par de grands seigneurs, et il se propose de passer ici quelque temps. Je pense que ce n'est pas là pour vous une nouvelle désagréable.

VALENTIN.- Si j'avais souhaité quelque chose, c'eût été lui.

LE DUC.- Recevez-le donc comme il le mérite, Silvie, et vous, seigneur Thurio, c'est à vous que je parle; car pour Valentin je n'ai pas besoin de l'y exhorter. Je vais vous l'envoyer tout à l'heure.

VALENTIN.- C'est ce gentilhomme dont je vous ai dit, mademoiselle, qu'il serait venu avec moi, si les beaux yeux de sa maîtresse n'avaient enchaîné les siens.

SILVIE.- Apparemment qu'elle leur a rendu la liberté, sur quelque autre gage de sa foi.

VALENTIN.- Non certainement, je crois qu'elle les retient encore prisonniers.

SILVIE.- Il serait donc aveugle, et s'il l'était, comment pourrait-il trouver son chemin pour vous chercher ?

VALENTIN.- Oh ! madame, l'Amour a vingt paires d'yeux.

THURIO.- On dit que l'Amour n'en a pas même un.

VALENTIN.- Pour voir des amants comme vous, Thurio. L'Amour ferme les yeux sur les objets désagréables.

(Arrive Protéo.)

SILVIE.- Finissons, finissons donc, voici le gentilhomme.

VALENTIN.- Sois le bienvenu, cher Protéo. Maîtresse, je vous en conjure, témoignez-lui qu'il est le bienvenu, par quelque faveur particulière.

SILVIE.- Son mérite est garant qu'il sera bien accueilli, si c'est celui dont vous avez tant de fois désiré des nouvelles.

VALENTIN.- Maîtresse, c'est lui-même. Noble dame, permettez-lui de servir avec moi Votre Seigneurie.

SILVIE.- Je suis une trop petite dame pour un si illustre serviteur.

PROTÉO.- Non, aimable dame; c'est moi qui suis un serviteur indigne du regard d'une aussi belle maîtresse.

VALENTIN.- Laissez vos excuses sur votre peu de mérite; dame aimable, daignez le prendre pour votre serviteur.

PROTÉO.- Je puis me vanter de mon zèle, rien de plus.

SILVIE.- Et jamais le zèle n'a manqué de trouver sa récompense. Serviteur, vous êtes le bienvenu auprès d'une maîtresse indigne de vous.

PROTÉO.- Je tuerais tout autre que vous qui oserait dire cela.

SILVIE.- Que vous êtes le bienvenu ?

PROTÉO.- Non, que vous n'êtes pas digne de moi.

(Entre un domestique.)

LE DOMESTIQUE.- Madame, le duc votre père demande à vous parler.

SILVIE.- Je me rends à ses ordres.- (_Le domestique sort._) Venez, seigneur Thurio, suivez-moi; encore une fois, mon nouveau serviteur, soyez le bienvenu. Je vous laisse ici vous entretenir de vos affaires domestiques; aussitôt que vous aurez fini, je m'attends à entendre parler de vous.

PROTÉO.- Nous irons tous les deux recevoir les ordres de Votre Seigneurie.

(Silvie, Thurio, Speed sortent.)

VALENTIN.- Dis-moi à présent comment se porte tout le monde, là d'où tu viens.

PROTÉO.- Ta famille est en bonne santé et m'a chargé de mille compliments pour toi.

VALENTIN.- Et la tienne ?

PROTÉO.- J'ai aussi laissé tous mes parents en bonne santé.

VALENTIN.- Comment va ta maîtresse ? Tes amours prospèrent-ils ?

PROTÉO.- Mes récits d'amour avaient coutume de t'ennuyer; je sais que tu n'aimes pas à parler d'amour.

VALENTIN.- Ah ! Protéo ! ma vie est bien changée aujourd'hui: j'ai fait pénitence d'avoir méprisé l'amour. Il s'est bien vengé de ces dédains par les jeûnes cruels, les soupirs de contrition, les larmes des nuits et les angoisses du jour. En punition de mes mépris, l'amour a banni le sommeil de mes yeux asservis et les a forcés de veiller sans cesse les chagrins de mon coeur. O mon cher Protéo ! l'amour est un maître puissant, et il m'a tant humilié, que je confesse qu'il n'est point de maux comparables à ses châtiments, comme il n'est point de bonheur sur la terre comparable à son service. Ne me parle plus maintenant que d'amour. Maintenant je déjeune, je dîne, je soupe et je dors rien qu'avec le nom de l'amour.

PROTÉO.- C'en est assez; je lis ton sort dans tes yeux. Est-ce là l'idole que tu adores ?

VALENTIN.- Elle-même.- Dis-moi, n'est-ce pas un ange céleste ?

PROTÉO.- Non, mais c'est une perfection terrestre.

VALENTIN.- Dis qu'elle est divine.

PROTÉO.- Je ne veux pas flatter.

VALENTIN.- Oh ! flatte-moi, l'amour se complaît dans les louanges.

PROTÉO.- Quand j'étais malade, tu me donnais d'amères pilules, et je dois t'en faire avaler de semblables à mon tour.

VALENTIN.- Dis au moins la vérité sur Silvie; si tu ne veux pas qu'elle soit une divinité, avoue du moins qu'elle est la première souveraine de toutes les créatures de la terre.

PROTÉO.- Si tu en exceptes ma maîtresse.

VALENTIN.- Non, mon cher ami, n'en excepte aucune, à moins que tu ne veuilles faire injure à ma bien-aimée.

PROTÉO.- N'ai-je pas raison de préférer la mienne ?

VALENTIN.- Et je veux même t'aider aussi à la préférer; elle méritera l'honneur suprême de porter la queue traînante de ma maîtresse, de peur que la terre ignoble ne puisse par hasard voler un baiser à ses vêtements, et que fière d'une si grande faveur, elle ne dédaigne de nourrir les fleurs[34] de l'été et ne rende éternelles les rigueurs de l'hiver.

[Note 34: *Estate tumentes.*]

PROTÉO.- Quoi donc, Valentin ! qu'est-ce donc que toute cette forfanterie ?

VALENTIN.- Pardonne-moi, Protéo, je n'en puis jamais dire assez pour louer celle dont le mérite efface tout autre mérite. Elle est seule de son espèce.

PROTÉO.- Eh bien, laisse-la seule.

VALENTIN.- Non ! pour l'univers entier. Sais-tu, Protéo, qu'elle est à moi, et que je suis aussi riche de posséder un pareil joyau, que le seraient vingt mers dont tous les grains de sable seraient autant de perles, les flots un délicieux nectar, et les rochers de l'or pur. Pardonne, si le délire de mon amour ne me permet pas de penser à toi. Mon imbécile rival, que le père aime, uniquement à cause de ses immenses richesses, vient de partir avec elle, et il faut que je les suive, car l'amour, tu le sais, est plein de jalousie.

PROTÉO.- Mais elle t'aime ?

VALENTIN.- Oui, et nous sommes fiancés. Il y a plus, l'heure de notre mariage et le plan adroit de notre évasion sont décidés, je dois monter à sa fenêtre par une échelle de cordes, nous avons combiné tous nos projets, et nous sommes convenus de tout pour assurer mon bonheur. Mon cher Protéo, viens avec moi dans ma chambre, et dans cette importante conjoncture, aide-moi de tes conseils.

PROTÉO.- Va devant, je te rejoindrai bientôt; il faut que j'aille au port faire débarquer plusieurs effets dont j'ai un pressant besoin, et aussitôt après je me rendrai chez toi.

VALENTIN.- Tu vas faire diligence ?

PROTÉO.- Sans doute. (*Valentin sort.*) Comme une chaleur dissipe une autre chaleur, ou comme un clou en chasse un autre, le souvenir de mon ancien amour est entièrement effacé par un nouvel objet: est-ce l'impression qu'ont reçue mes yeux, ou les éloges de Valentin ? Est-ce le vrai mérite de Silvie, ou le jugement faux de ma mauvaise foi, qui me fait raisonner ainsi contre toute raison ?- Elle est belle, mais elle est belle aussi, la Julie que j'aime... que j'ai aimée, car mon amour s'est évaporé. Semblable à une image de cire[35] devant le feu, il n'a conservé aucune trace de ce qu'il était. Je sens que mon amitié pour Valentin est refroidie, et que je ne l'aime plus comme je l'aimais.- Oh ! c'est que j'aime trop sa maîtresse, et voilà pourquoi je l'aime si peu. Que deviendra donc ma passion quand je la connaîtrai mieux, puisque je commence à l'aimer ainsi sans la connaître ? Ce que j'ai vu d'elle n'est encore que son portrait[36], et il a ébloui les yeux de ma raison; mais quand je considérerai l'éclat de ses perfections, il n'y a pas de raison pour que je n'en perde pas la vue. Si je puis surmonter mon coupable amour, je le ferai, sinon je mettrai tout en oeuvre pour obtenir Silvie.

(Il sort.)

[Note 35: Allusion aux figures de cire que faisaient les sorcières pour représenter les personnes qu'elles vouaient à la mort.]

[Note 36: Il n'a vu que le portrait de Silvie, parce qu'il n'a pas encore eu le temps de se convaincre que les qualités de son coeur égalent les charmes de son visage. Il n'y a point ici d'oubli ni d'inconséquence comme le veut Johnson.]

SCÈNE V

Rue de Milan.

SPEED et LAUNCE.

SPEED.- Launce, sur mon honneur, sois le bienvenu à Milan.

LAUNCE.- Ne te parjure pas, mon garçon, car je ne suis pas bienvenu ici; j'en reviens toujours à dire qu'un homme n'est jamais perdu sans ressource tant qu'il n'est pas pendu, et que jamais il n'est bienvenu dans un endroit, jusqu'à ce qu'on ait payé certain écot, et que l'hôtesse lui ait dit: Soyez le bienvenu.

SPEED.- Viens avec moi, écervelé, je vais te mener tout à l'heure dans une taverne où, pour une pièce de dix sous, on te dira dix mille fois: Soyez le bienvenu. Mais dis-moi comment ton maître a quitté madame Julie.

LAUNCE.- Ma foi, après s'être embrassés fort sérieusement, ils se sont séparés en riant.

SPEED.- Mais l'épousera-t-elle ?

LAUNCE.- Non.

SPEED.- Comment donc ? l'épousera-t-il, lui ?

LAUNCE.- Non; ils ne s'épouseront ni l'un ni l'autre.

SPEED.- Ils sont donc désunis ?

LAUNCE.- Ils sont unis comme les deux moitiés d'un poisson.

SPEED.- Où en sont donc les choses avec eux ?

LAUNCE.- Quand l'un est bien, l'autre l'est aussi.

SPEED.- Quel âne tu fais ! je ne te comprends pas.

LAUNCE.- Et toi, quel butor tu es, de ne pas me comprendre ! mon bâton me comprend.

SPEED.- Que dis-tu ?

LAUNCE.- Eh ! je dis ce que je fais. Regarde: je ne fais que m'appuyer, et mon bâton me comprend.

SPEED.- Oui, il est sous toi, en effet.

LAUNCE.- Eh bien ! être dessous et comprendre, c'est tout un[37].

[Note 37: *Stand under* et *under stand*, c'est la même chose selon Launce.]

SPEED.- Mais dis-moi la vérité; ce mariage se fera-t-il ?

LAUNCE.- Demande-le à mon chien; s'il te dit oui, il se fera; s'il te dit non, il se fera; s'il remue la queue et qu'il ne dise rien, il se fera.

SPEED.- La fin de tout cela est donc qu'il se fera.

LAUNCE.- Tu n'obtiendras jamais un pareil secret de moi que par des paraboles.

SPEED.- Pourvu que je l'obtienne par ce moyen; mais, Launce, que dis-tu de mon maître qui est devenu un amant remarquable ?

LAUNCE.- Je ne l'ai jamais connu autrement.

SPEED.- Que pour...

LAUNCE.- Pour un amant remarquable, comme tu le dis fort bien.

SPEED.- Comment, imbécile, tu ne m'entends pas ?

LAUNCE.- Insensé, ce n'est pas toi que j'entends, c'est ton maître que j'entends.

SPEED.- Je te dis que mon maître est devenu un amant bien chaud.

LAUNCE.- Bon, je te dis, moi, que je ne m'embarrasse guère qu'il se _brûle_ d'amour; si tu veux venir avec moi au cabaret, à la bonne heure; sinon tu es un Hébreu, un juif, et tu ne mérites pas le nom de chrétien.

SPEED.- Pourquoi ?

LAUNCE.- Parce que tu n'as pas assez de charité pour accompagner un chrétien au cabaret[38]. Veux-tu venir ?

SPEED.- Je suis à ton service.

(Ils sortent.)

[Note 38: _Ale_, bière, cabaret, et _hell_, enfer, se prononcent de même ou à peu près.]

SCÈNE VI[39]

[Note 39: Johnson prétend que la division des actes et des scènes est ici arbitraire et que le second acte doit finir là.]

Appartement du palais du duc de Milan.

PROTÉO _seul_.

PROTÉO.- Si j'abandonne ma Julie, je me parjure; si j'aime la belle Silvie, je me parjure; si je trahis mon ami, je suis le plus odieux des parjures, et cependant c'est la même puissance qui m'a arraché mes premiers serments, qui me pousse à ce triple parjure. L'amour m'a ordonné de jurer, et maintenant l'amour m'ordonne de me parjurer.- O toi, ingénieux séducteur ! Amour, si tu pèches, enseigne du moins à ton sujet tenté à t'excuser ! D'abord j'adorais une étoile scintillante;

aujourd'hui j'adore un soleil céleste. La réflexion peut rompre des voeux irréfléchis, et c'est manquer d'esprit que de n'avoir pas assez de résolution pour vouloir échanger le mauvais contre le bon; fi ! fi ! donc ! langue insolente, d'appeler mauvaise celle que, par mille et mille serments, tu as juré sur ton âme de préférer toujours. Je ne puis cesser d'aimer, et cependant je le fais; mais je cesse d'aimer là où je devrais aimer; je perds Julie, je perds Valentin, mais si je les conserve, je me perds moi-même. Et si je les perds, au lieu de Valentin, je me trouve *moi*, et pour Julie je retrouve Silvie. Je me suis plus cher à moi-même qu'un ami; car l'amour de soi est toujours le plus fort: et Silvie (j'en atteste les cieux qui l'ont faite si belle !) fait paraître Julie noire comme une Éthiopienne. Je veux oublier que Julie est vivante; en me rappelant que mon amour pour elle est mort, je regarderai Valentin comme un ennemi, cherchant à acquérir dans Silvie une amie plus tendre; je ne puis maintenant être fidèle à moi-même sans user de quelque trahison contre Valentin; il se propose cette nuit de monter avec une échelle de corde à la fenêtre de la chambre de la céleste Silvie, et il me met dans sa confidence, moi, son rival. Je vais sur-le-champ instruire le père de leur feinte et de leur projet de fuite; dans sa fureur, il exilera Valentin, car il entend que Thurio épouse sa fille; mais Valentin une fois parti, j'entraverai promptement, avec quelque ruse adroite, la marche pesante de l'imbécile Thurio. Amour, prête-moi des ailes pour hâter l'exécution de mon projet, comme tu m'as prêté de l'esprit pour tramer ce complot.

(Il sort.)

SCÈNE VII

Vérone.- Appartement de la maison de Julie.

Entrent JULIE et LUCETTE.

JULIE.- Conseille-moi, Lucette, ma chère Lucette, viens à mon secours, et par bonté, toi, dans le coeur de qui sont écrites et gravées toutes mes pensées, donne-moi tes avis, apprends-moi par quel moyen je puis, sans perdre mon honneur, aller retrouver mon cher Protéo.

LUCETTE.- Hélas ! le chemin est long et fatigant.

JULIE.- Un véritable et fidèle pèlerin ne se lasse point de mesurer de ses faibles pas l'étendue des royaumes, et je me lasserai beaucoup moins encore, moi, à qui l'amour donnera des ailes, surtout quand je volerai vers un objet aussi cher, aussi parfait, aussi divin que l'est le chevalier Protéo.

LUCETTE.- Vous feriez beaucoup mieux d'attendre que Protéo revînt.

JULIE.- Oh ! ne sais-tu pas que ses regards sont la nourriture de mon âme ? Prends pitié de la disette où je languis, soupirant depuis si longtemps après cet aliment. Si tu connaissais l'impression intérieure de l'amour, tu essayerais plutôt d'allumer du feu avec la neige, que d'éteindre la flamme de l'amour avec des paroles.

LUCETTE.- Je ne cherche point à éteindre les feux brûlants de votre amour, mais seulement à en ralentir un peu l'ardeur, de peur qu'il ne brûle au delà des bornes de la raison.

JULIE.- Plus tu cherches à l'étouffer, plus il brûle. Qu'on arrête le fleuve qui coule avec un doux murmure, tu sais qu'il s'irrite et devient furieux. Mais quand rien ne s'oppose à son cours paisible, il coule avec un bruit harmonieux sur les cailloux émaillés et baise doucement toutes les plantes qu'il rencontre dans son pèlerinage, et c'est ainsi qu'après s'être égaré dans mille détours, il va se perdre en se jouant dans le vaste océan; laisse-moi donc aller et ne m'arrête pas dans ma course. Je serai aussi patiente qu'un paisible ruisseau, et je me ferai un passe-temps de la fatigue de chaque pas, jusqu'à ce que le dernier me conduise à mon bien-aimé, et là, auprès de lui, je me reposerai enfin, comme après les traverses de la vie une âme bienheureuse se repose dans l'Élysée.

LUCETTE.- Mais sous quel costume voyagerez-vous ?

JULIE.- Pas comme une femme, de peur de m'exposer aux insultes des hommes sans pudeur. Chère Lucette, procure-moi quelques habits qui me fassent passer pour un page de bonne maison.

LUCETTE.- Alors Votre Seigneurie sera obligée de couper ses cheveux.

JULIE.- Non, ma fille, je les attacherai avec des rubans de soie, dont je formerai mille et mille noeuds d'amour des plus singuliers. Quelque chose de bizarre ne sied pas mal à un jeune homme d'un âge plus mûr.

LUCETTE.- Comment ferai-je votre haut-de-chausse, madame ?

JULIE.- Autant vaudrait me demander: «Seigneur, quelle ampleur voulez-vous donner à votre vertugadin ?» Fais-le comme il te plaira, Lucette.

LUCETTE.- Il faut que vous le portiez, madame, avec une pointe[40], suivant la mode.

[Note 40: Allusion à une mode indécente dont parle Montaigne.]

JULIE.- Fi donc ! Lucette, fi donc ! cela serait indécent.

LUCETTE.- Mais, madame, un haut-de-chausse tout rond ne vaut maintenant pas une épingle, à moins que vous n'ayez la pointe à la mode pour y attacher vos épingles.

JULIE.- Lucette, si tu m'aimes, prépare ce que tu croiras me convenir davantage et ce qui sera le plus élégant; mais, dis-moi donc, ma fille, que dira le monde, en me voyant entreprendre un voyage aussi imprudent ? Je crains d'être un sujet de scandale.

LUCETTE.- Si vous le croyez, restez ici et ne partez pas.

JULIE.- Mais je ne veux pas rester.

LUCETTE.- Ne pensez alors pas au déshonneur et partez. Si Protéo approuve votre voyage quand vous arriverez, peu importe à qui il déplaira quand vous serez partie ! Je crains seulement qu'il n'en soit pas trop satisfait.

JULIE.- Va, Lucette, c'est la moindre de mes inquiétudes. Mille serments, un océan de larmes, et les preuves aussi infinies de son amour, m'assurent que je serai la bienvenue auprès de mon Protéo.

LUCETTE.- Tous ces moyens sont au service des séducteurs.

JULIE.- Ames viles qui s'en servent pour exécuter leurs vils projets ! Mais des astres plus généreux ont présidé à la naissance de Protéo; ses paroles sont des liens, ses serments sont des oracles, son amour est sincère, ses pensées sont pures, ses larmes sont les interprètes de son coeur, et son coeur est aussi éloigné de la fraude que le ciel de la terre.

LUCETTE.- Priez le ciel que vous le trouviez encore ainsi lorsque vous le rejoindrez.

JULIE.- Voyons, si tu m'aimes, ne lui fais pas l'injure de mal penser de sa sincérité; car tu ne peux mériter mon amour qu'en aimant mon cher Protéo; et maintenant viens avec moi dans ma chambre pour prendre note de tout ce qu'il est nécessaire que tu me procures pour ce voyage que je désire si fort; je laisse à ta disposition tout ce qui est à moi, mes richesses, mes terres, ma réputation; je ne te demande d'autre retour que de m'aider à partir promptement. Viens, point de réplique, mettons-nous tout de suite à l'oeuvre, tout délai m'impatiente.

(Elles sortent.)

FIN DU SECOND ACTE.

ACTE TROISIÈME

SCÈNE I

Milan.- Antichambre du palais ducal.

LE DUC, THURIO et PROTÉO.

LE DUC.- Seigneur Thurio, excusez-nous, je vous prie, un moment; nous avons besoin de conférer ensemble sur quelques affaires secrètes. (*Thurio sort.*) Maintenant, dites-moi, Protéo, ce que vous me voulez.

PROTÉO.- Gracieux seigneur, ce que je voudrais vous découvrir, les lois de l'humanité m'ordonnent de le cacher; mais lorsque je repasse dans ma mémoire toutes les faveurs dont vous m'avez comblé, sans que je les méritasse, mon devoir m'oblige à vous révéler ce que tous les trésors de l'univers ne m'arracheraient pas. Sachez, digne prince, que Valentin, mon ami, se propose d'enlever cette nuit votre fille; c'est à moi qu'il a confié ses projets. Je sais que vous avez résolu de la donner à Thurio, que votre aimable fille déteste; vous voir ravir votre Silvie serait un cruel tourment pour votre vieillesse; aussi, pour remplir mon devoir, j'ai mieux aimé traverser mon ami dans ses projets, que d'accumuler sur votre tête, par mon silence, un fardeau de douleurs qui, si vous n'étiez pas prévenu, vous ferait descendre trop tôt au tombeau.

LE DUC.- Protéo, je vous remercie de votre généreuse affection; en récompense, disposez de moi tant que je vivrai. Je me suis déjà souvent aperçu de leurs amours, peut-être lorsqu'ils me croyaient profondément endormi; et plusieurs fois je me suis proposé d'exiler Valentin loin d'elle et de ma cour; mais, craignant de m'être trompé dans mes soupçons jaloux et de déshonorer ainsi un homme à tort (précipitation de jugement que jusqu'ici j'ai toujours évitée), je n'ai pas cessé de lui faire bon visage, pour apprendre par là ce que vous venez de me découvrir; pour vous prouver quelles étaient mes craintes, et cachant que la tendre jeunesse est facile à séduire, je l'enferme toutes les nuits dans une tour, à l'étage supérieur, dont j'ai toujours gardé moi-même la clef; et on ne peut l'enlever de là.

PROTÉO.- Sachez, noble seigneur, qu'ils ont imaginé un moyen par lequel il pourra monter à la fenêtre de sa chambre, et la faire descendre avec une échelle de corde que le jeune amant est allé chercher; il va passer tout à l'heure par ici, et, si vous le voulez, vous pouvez le surprendre. Mais, je vous en conjure, seigneur, faites-le si adroitement qu'il ne se doute pas que je vous ai tout découvert; car c'est l'affection que je vous porte, et non point un sentiment de haine contre mon ami, qui m'a fait révéler ce projet.

LE DUC.- Sur mon honneur, il ne saura jamais que vous m'ayez le moins du monde éclairé là-dessus.

PROTÉO.- Adieu, mon seigneur, voilà Valentin qui vient.

(Protéo sort.)

(Entre Valentin.)

LE DUC.- Seigneur Valentin, où allez-vous si vite ?

VALENTIN.- Sous le bon plaisir de Votre Grâce, il y a un messager qui m'attend pour porter mes lettres à mes amis, et je vais les lui remettre.

LE DUC.- Sont-elles de grande conséquence ?

VALENTIN.- Je n'y parle que de ma santé et de mon bonheur à votre cour.

LE DUC.- Oh ! alors, peu importe ! restez un moment avec moi. J'ai à vous parler de quelques affaires qui me touchent de près, et pour lesquelles je vous demande le secret. Vous n'ignorez pas que j'ai désiré de marier ma fille au seigneur Thurio, mon ami.

VALENTIN.- Je le sais, mon prince, et sûrement cette alliance serait aussi riche qu'honorable; d'ailleurs ce gentilhomme est plein de vertu, de générosité, de mérite et de qualités dignes d'une femme telle que votre charmante fille. Votre Altesse ne peut-elle lui persuader de l'aimer ?

LE DUC.- Non, croyez-moi, Silvie est capricieuse, dédaigneuse, mélancolique, fière, désobéissante, opiniâtre, sans respect pour moi, ne se souvenant jamais qu'elle est ma fille, et n'ayant pas la crainte qu'elle devrait avoir pour son père; et je puis vous dire que son orgueil, en m'ouvrant les yeux, a éteint toute ma tendresse pour elle; et lorsque j'aurais dû penser que le reste de mes vieux jours serait charmé par sa tendresse filiale, je suis résolu à me remarier et à l'abandonner à qui voudra s'en charger;- que sa beauté lui serve de dot, puisqu'elle fait si peu de cas de son père et de ses biens.

VALENTIN.- Et dans tout cela, seigneur, que voudriez-vous que je fisse ?

LE DUC.- Il y a ici à Milan, monsieur, une femme que j'affectionne, mais elle est prude, réservée, et fait peu de cas de l'éloquence de ma vieillesse. Je voudrais donc être aidé de vos leçons (car il y a longtemps que j'ai oublié la manière de faire la cour, et d'ailleurs la mode est changée); dites-moi comment et de quelle manière je dois m'y prendre pour plaire à ses yeux brillants comme le soleil.

VALENTIN.- Si vos paroles ne peuvent rien sur elle, gagnez son coeur à force de présents. Les joyaux muets émeuvent souvent, dans leur silence, l'âme d'une femme bien plus que les plus beaux discours.

LE DUC.- Mais elle a dédaigné un présent que je lui ai envoyé.

VALENTIN.- Une femme affecte souvent de dédaigner ce qui lui ferait le plus de plaisir; envoyez-lui-en un autre et ne perdez jamais l'espérance, car le dédain au commencement rend toujours plus fort l'amour qui le suit: si elle se montre courroucée, ce n'est pas qu'elle vous haïsse, c'est pour augmenter votre amour; si elle vous gronde, ne croyez pas qu'elle veuille vous congédier, car soyez sûr que les folles perdent tout à fait la raison quand elles se voient seules. N'acceptez pas votre congé, quoi qu'elle puisse vous dire. En vous disant _retirez-vous_, elle ne veut pas dire _allez-vous-en._ Flattez, louez, vantez, exaltez leurs grâces; quelque noires qu'elles soient, dites-leur qu'elles ont le visage des anges. Oui, je dis que tout homme qui a une langue n'est pas homme, si avec sa langue il ne sait pas gagner une femme.

LE DUC.- Mais la main de celle dont je vous parle est promise par ses parents à un jeune homme de naissance et de mérite; et l'on veille si sévèrement pour écarter tous les hommes, que pendant le jour personne n'a accès auprès d'elle.

VALENTIN.- Eh bien ! j'essayerais alors de la voir pendant la nuit.

LE DUC.- Oui, mais toutes les portes sont fermées et les clefs mises en sûreté pour qu'aucun homme ne puisse approcher d'elle pendant la nuit.

VALENTIN.- Qui empêche qu'on ne monte dans sa chambre par sa fenêtre ?

LE DUC.- Sa chambre est si élevée et les murs en sont si droits qu'on ne peut y gravir sans hasarder sa vie.

VALENTIN.- Eh bien ! alors, une bonne échelle de corde, qu'on peut jeter avec deux crochets pour l'attacher en y montant, suffirait à escalader la tour d'une nouvelle Héro, pourvu qu'un hardi Léandre l'entreprenne.

LE DUC.- Maintenant, toi, Valentin, qui es un homme bien né, enseigne-moi où je pourrai me procurer une semblable échelle ?

VALENTIN.- Et quand voudriez-vous vous en servir ? dites-le moi, seigneur, je vous prie.

LE DUC.- Ce soir même; car l'amour est comme un enfant qui désire tout ce qu'il peut obtenir.

VALENTIN.- Vers les sept heures du soir, je vous procurerai une échelle.

LE DUC.- Mais écoutez: je veux y aller seul, comment y porter mon échelle ?

VALENTIN.- Elle sera légère, seigneur, afin que vous puissiez la porter sous un manteau un peu long.

LE DUC.- Un manteau comme le tien le serait-il assez ?

VALENTIN.- Oui, certes, seigneur.

LE DUC.- Laisse-moi donc voir ton manteau; je veux en prendre un de même longueur.

VALENTIN.- Eh ! seigneur, n'importe quel manteau fera l'affaire.

LE DUC.- Comment m'y prendrai-je pour porter un manteau ? Voyons, je te prie, que j'essaye ton manteau. Hé ! quelle est cette lettre

? Que vois-je: _à Silvie_ ? Eh ! voici l'échelle même qui me servira pour mon dessein. J'aurai l'audace, pour cette fois, de rompre le cachet. (_Le duc lit_): «Mes pensées restent toute la nuit auprès de ma Silvie, et ce sont des esclaves rapides que je lui envoie. Oh ! si leur maître pouvait aller et venir d'un vol aussi léger, comme il irait se placer lui-même aux lieux où elles dorment ensemble. Les pensées que je t'envoie reposent sur ton beau sein, tandis que moi, qui suis leur roi et qui les dépêche vers toi, je maudis l'autorité qui leur accorde une si douce faveur, puisque je suis privé moi-même du bonheur de mes esclaves. Je me maudis de ce qu'ils sont envoyés par moi aux lieux où leur maître devrait être.»- Que veut dire ceci ?- «Silvie, cette nuit même je te mets en liberté.» C'est cela, et voilà l'échelle qui doit servir à ce dessein ! Quoi ! Phaéton (car tu es le fils de Mérope), prétends-tu guider le char du Soleil, et par ton audace téméraire diriger le monde ? Prétends-tu atteindre les étoiles parce qu'elles brillent au-dessus de toi ? Vil séducteur, esclave présomptueux, va porter tes caresses et ton sourire à tes égales, et crois que tu dois à ma patience, bien plus qu'à ton mérite, la faveur de sortir de mes États. Remercie-moi de cette grâce bien plus que de tous les bienfaits que je t'ai accordés, toujours à tort. Mais si tu restes sur mon territoire plus de temps qu'il n'en faut pour le départ le plus précipité de notre cour, par le ciel, ma colère surpassera l'affection que j'aie jamais portée à ma fille ou à toi. Fuis, je ne veux pas écouter tes vaines excuses; mais, si tu aimes la vie, hâte-toi de quitter ces lieux.

(Le duc sort.)

VALENTIN.- Et pourquoi ne pas mourir plutôt que de vivre dans les tourments ? Mourir, c'est être banni de moi-même; et Silvie est moi-même; m'exiler d'elle, c'est m'exiler de moi; exil qui vaut la mort ! La lumière est-elle la lumière, si je ne vois pas Silvie ? Quelle joie est la joie si Silvie n'est pas auprès de moi, à moins que je ne puisse penser qu'elle est auprès de moi, et jouir de l'ombre de ses perfections ? Oh ! si je ne suis pas pendant la nuit auprès de ma Silvie, il n'y a point de mélodie dans les chants du rossignol; et si le jour je ne vois pas Silvie, le jour ne luit pas pour moi; elle est mon essence, et je cesse d'être si sa douce influence ne me ranime, ne m'échauffe, ne m'éclaire et ne me conserve à la vie. Je ne fuirai pas la mort en fuyant l'arrêt de son père.

En restant ici, je ne fais qu'attendre la mort; en fuyant de ces lieux, je cours moi-même à la mort.

(Entrent Protéo et Launce.)

PROTÉO.- Cours, Launce, cours vite, vite, cherche-le.

LAUNCE.- Holà ! hé ! holà ! holà !

PROTÉO.- Que vois-tu ?

LAUNCE.- Celui que nous cherchons; il n'y a pas un cheveu sur sa tête qui ne soit pas à un Valentin.

PROTÉO.- Valentin !

VALENTIN.- Non.

PROTÉO.- Que vois-je donc, son ombre ?

VALENTIN.- Ni l'un ni l'autre.

PROTÉO.- Quoi donc ?

VALENTIN.- Personne.

LAUNCE.- Est-ce que personne parle ?- Monsieur, frapperai-je ?

PROTÉO.- Qui veux-tu frapper ?

LAUNCE.- Personne.

PROTÉO.- Je te le défends, coquin.

LAUNCE.- Mais, monsieur, je ne frapperai personne, je vous prie.

PROTÉO.- Je te le défends, drôle, te dis-je; ami Valentin, un mot.

VALENTIN.- Mes oreilles sont fermées; elles ne peuvent plus recevoir de bonnes nouvelles, tant elles sont remplies des mauvaises que je viens d'entendre.

PROTÉO.- J'ensevelirai donc les miennes dans un profond silence, car elles sont dures, fâcheuses, affligeantes.

VALENTIN.- Silvie est-elle morte ?

PROTÉO.- Non, Valentin.

VALENTIN.- Il n'est plus de Valentin[41], en effet, pour l'adorable Silvie.- Est-elle parjure ?

[Note 41: _No Valentine, no Valentine_, non Valentin, aucun Valentin, plus de Valentin. *No* est employé tour à tour adverbialement et adjectivement.]

PROTÉO.- Non, Valentin.

VALENTIN.- Il n'est plus de Valentin, si Silvie est parjure. Quelles sont donc vos nouvelles ?

LAUNCE.- Seigneur, on vient de proclamer que vous êtes _évanoui_[42].

[Note 42: Évanoui, que vous avez disparu, *vanished*.]

PROTÉO.- Que vous êtes banni, voilà la nouvelle ! Banni de cette cour, loin de Silvie et de ton ami.

VALENTIN.- Oh ! je me suis déjà repu de cette infortune, et son excès va me rendre malade.- Silvie sait-elle que je suis banni ?

PROTÉO.- Oui, et elle a offert, pour changer cet arrêt qui reste irrévocable, un océan de perles fondues, qu'on appelle des larmes; elle les a versées par flots aux pieds de son père inflexible, prosternée devant lui dans une humble posture, et se tordant les mains, dont la blancheur convenait si bien à sa douleur qu'elles semblaient en avoir pâli. Mais ni ses genoux fléchis, ni ses mains pures levées vers lui, ni ses tristes soupirs, ni ses longs gémissements, ni les flots argentés de ses larmes n'ont pu attendrir le coeur de son inexorable père. Ah ! Valentin, si tu es pris il faut que tu meures; d'ailleurs ses prières, lorsqu'elle a demandé ta grâce, l'ont tellement irrité qu'il a ordonné qu'on l'enfermât dans une prison, avec la menace de l'y laisser toujours.

VALENTIN.- Assez, Protéo, à moins que le mot que tu vas prononcer n'ait quelque pouvoir fatal à ma vie. S'il en est ainsi, je t'en conjure, fais-le entendre à mon oreille, comme l'antienne finale de mon éternelle douleur.

PROTÉO.- Cesse de te lamenter sur ce que tu ne peux empêcher, et cherche un soulagement à ce qui cause tes lamentations. Le temps fait éclore et prospérer tous les biens. Si tu restes ici, tu ne peux voir ton amante, et d'ailleurs en restant tu perdras la vie. L'espérance est l'appui d'un amant; saisis-la et sers-t'en pour t'éloigner d'ici et te défendre contre les pensées désespérantes. Tes lettres peuvent venir ici, quoique tu n'y sois plus; ce qui me sera adressé, je le déposerai dans le beau sein[43] de ton amante. Ce n'est pas le moment des remontrances. Viens, je vais te conduire aux portes de la ville, et avant de me séparer de toi, nous conférerons ensemble sur tout ce qui intéresse ton amour; pour l'amour de Silvie, sinon de toi-même, pense à ton danger et suis-moi.

[Note 43: Les femmes avaient anciennement au-devant de leur corset une petite poche à mettre les billets doux, l'argent, etc.]

VALENTIN.- Je te prie, Launce, si tu vois mon page, dis-lui de se hâter de me rejoindre à la porte du Nord.

PROTÉO.- Maraud, cours le chercher... va. Viens, Valentin.

VALENTIN.- Oh ! ma chère Silvie ! infortuné Valentin !

LAUNCE.- Je ne suis qu'un sot, voyez-vous, et cependant j'ai assez d'intelligence pour soupçonner que mon maître est une espèce de fripon; mais cela est tout un, s'il n'est fripon que sur un point. Il n'existe pas, à l'heure qu'il est, quelqu'un qui sache que j'aime; j'aime cependant; mais un attelage de chevaux ne m'arracherait pas ce secret, ni le nom de l'objet que j'aime; et cependant c'est une femme; mais je ne veux pas me dire à moi-même quelle femme c'est; et cependant c'est une fille de ferme. Et cependant ce n'est point une fille, car elle a eu affaire à des commères[44]; et pourtant c'est une fille, car elle est la fille de son maître, et le sert pour des gages. Elle a plus de qualités qu'un barbet qui va à l'eau, ce qui est beaucoup pour une simple chrétienne. Voici le catalogue[45] de ses talents.- *Imprimis*, elle peut chercher et _rapporter_; un cheval n'en saurait faire davantage, et même un cheval ne peut aller chercher: il ne peut que _rapporter_; ainsi elle vaut encore mieux qu'une rosse. *Item*, elle peut tirer du lait, voyez-vous; belle qualité chez une fille qui a les mains propres.

[Note 44: Des commères bavardes et des commères qui ont été les marraines de ses enfants.]

[Note 45: _Cat-logue_, c'est le mot catalogue qu'il estropie.]

(Entre Speed.)

SPEED.- Eh bien ! comment se porte le seigneur Launce, quelle nouvelle me dira Votre Seigneurie ?

LAUNCE.- Sa Seigneurie, eh bien ! son vaisseau[46] est en mer.

[Note 46: Pour _master-ship,_ votre seigneurie et le vaisseau de votre maître, *ship*, vaisseau.]

SPEED.- Encore votre ancien défaut, de vouloir toujours jouer sur le mot. Quelles nouvelles avez-vous sur ce papier ?

LAUNCE.- Les nouvelles les plus noires que vous ayez jamais apprises.

SPEED.- Noires, dites-vous ?

LAUNCE.- Eh ! oui ! noires comme de l'encre.

SPEED.- Laissez-moi les lire.

LAUNCE.- Allons donc, butor, tu ne sais pas lire.

SPEED.- Tu mens, je sais lire.

LAUNCE.- Je veux t'examiner; dis-moi, qui t'a engendré ?

SPEED.- Eh ! le fils de mon grand-père.

LAUNCE.- Oh ! l'ignorant paresseux, c'est le fils de ta grand'mère; cela prouve que tu ne sais pas lire.

SPEED.- Allons, imbécile, voyons, essaye ma science sur ton papier.

LAUNCE.- Viens là et recommande-toi à saint Nicolas[47].

[Note 47: Saint Nicolas, patron des écoliers.]

SPEED, *il lit*.- _«Imprimis:_ Elle sait tirer le lait.

LAUNCE.- Oui, certes, elle le sait bien.

SPEED.- _«Item_. Elle brasse d'excellente bière.

LAUNCE.- Et c'est là d'où vient le proverbe:- _Béni soit votre coeur, vous brassez de la bonne bière !_

SPEED.- _«Item_. Elle sait coudre[48].

[Note 48: _She can sew,- can she so ?_ calembour intraduisible.]

LAUNCE.- C'est comme si on disait: le sait-elle ?

SPEED.- _«Item_. Elle sait tricoter.

LAUNCE.- Comment un homme peut-il se trouver à bas avec une femme qui peut lui tricoter un bas !

SPEED.- _«Item_. Elle sait laver et nettoyer.

LAUNCE.- Une belle qualité, car elle n'a point besoin d'être lavée et nettoyée.

SPEED.- _«Item_. Elle sait filer.

LAUNCE.- Je puis donc laisser tourner le monde sur sa roue, si elle file assez pour se nourrir.

SPEED.- _«Item_. Elle a plusieurs vertus qui n'ont point de nom.

LAUNCE.- Comme qui dirait des _vertus bâtardes_, qui n'ont jamais connu leur père, et qui par conséquent n'ont point de nom.

SPEED.- Suivent maintenant ses défauts.

LAUNCE.- Sur les talons de ses vertus.

SPEED.- _«Item_. Il ne faut pas l'embrasser à jeun, à cause de son haleine.

LAUNCE.- Bon ! c'est un défaut qu'on peut corriger par un déjeuner. Continue.

SPEED.- _«Item_. Elle a le goût des douceurs.

LAUNCE.- Ce qui dédommage de sa mauvaise haleine.

SPEED.- _«Item_. Elle parle quand elle dort.

LAUNCE.- Oh ! cela n'y fait rien, pourvu qu'elle ne dorme pas quand elle parle.

SPEED.- _«Item_. Elle parle lentement.

LAUNCE.- Oh ! le sot, qui met cela au nombre de ses défauts; parler lentement est la seule vertu d'une femme.- Allons, je te prie, efface-moi cela, et place-le au nombre de ses plus grandes vertus.

SPEED.- _«Item_. Elle est orgueilleuse.

LAUNCE.- Efface-moi cela encore.- C'est l'héritage d'Ève; on ne peut le lui ôter.

SPEED.- _«Item_. Elle n'a pas de dents.

LAUNCE.- Je ne m'embarrasse guère de cela non plus, parce que j'aime la croûte.

SPEED.- _«Item_. Elle est méchante.

LAUNCE.- Eh bien ! il est heureux qu'elle n'ait pas de dents pour mordre.

SPEED.- _«Item_. Elle fera souvent l'éloge du vin.

LAUNCE.- Si le vin est bon, elle le louera; si elle ne le veut pas, je le louerai, moi; car les bonnes choses doivent être louées.

SPEED.- _«Item_. Elle est trop libre.

LAUNCE.- En paroles; cela est impossible, car il est écrit plus haut qu'elle parlait lentement:- en argent; elle ne le pourra pas, je le tiendrai sous la clef; si elle donne quelque autre chose, elle en est la maîtresse, et je ne puis l'en empêcher.- Bon, continue.

SPEED.- _«Item_.- Elle a plus de cheveux que d'esprit, plus de défauts que de cheveux, et plus d'écus que de défauts.

LAUNCE.- Arrête-toi là.- Je veux l'avoir. Deux ou trois fois, dans ce dernier article, j'ai dit qu'elle était à moi, et qu'elle n'était pas à moi. Relis-moi ce passage, je te prie.

SPEED.- _«Item._ - Elle a plus de cheveux que d'esprit.

LAUNCE.- _Plus de cheveux que d'esprit_, cela peut être, je le verrai bien: le couvercle du sel cache le sel, et c'est pourquoi il est plus que le sel. Les cheveux qui couvrent l'esprit sont plus que l'esprit, car le plus grand cache le moindre.- Après.

SPEED.- «Et plus de défauts que de cheveux.

LAUNCE.- Cela est affreux.- Oh ! s'il était possible que cela n'y fût pas !

SPEED.- «Et plus d'écus que de défauts.»

LAUNCE.- Ha ! ha ! voilà un mot qui rend ses défauts aimables; oui, je veux l'avoir, et s'il se fait un mariage, comme il n'y a rien d'impossible...

SPEED.- Eh bien ! après ?

LAUNCE.- Oh ! après !... Je te dirai que ton maître t'attend à la porte du Nord.

SPEED.- Moi ?

LAUNCE.- Toi ? Vraiment, qui es-tu ? Il a attendu quelqu'un qui vaut mieux que toi.

SPEED.- Et faut-il que j'aille le trouver ?

LAUNCE.- Que tu coures le trouver; car tu es resté ici si longtemps que ta course à peine pourra réparer le temps que tu as perdu.

SPEED.- Que ne me le disais-tu plus tôt ? Que la peste soit de tes lettres d'amour !

(Il sort.)

LAUNCE.- Oh ! il sera étrillé de la bonne manière pour avoir lu ma lettre. Cet impoli faquin, qui veut mettre le nez dans les secrets d'autrui. Ha ! ha ! je vais le suivre pour rire, en lui voyant recevoir sa correction.

(Il sort.)

SCÈNE II

Appartement du palais ducal, à Milan.

LE DUC et THURIO, PROTÉO _suit derrière_.

LE DUC.- Seigneur Thurio, ne craignez rien, elle viendra à vous aimer à présent que Valentin est banni de sa vue.

THURIO.- Depuis qu'il est exilé, elle me méprise encore davantage;

elle déteste ma présence et me traite avec tant de dédain que je désespère de gagner son coeur.

LE DUC.- Cette faible impression de l'amour est comme une figure tracée sur la glace, qu'une heure de chaleur efface et dissout. Un peu de temps fondra la glace de son coeur, et l'indigne Valentin sera oublié. (_Protéo les joint._) Eh bien ! seigneur Protéo, votre compatriote est-il parti suivant mon décret ?

PROTÉO.- Il est parti, seigneur.

LE DUC.- Ma fille est bien triste de ce départ.

PROTÉO.- Un peu de temps dissipera son chagrin, seigneur.

LE DUC.- Je le crois, mais le seigneur Thurio ne le pense pas. Protéo, la bonne opinion que j'ai de vous (car vous m'avez donné quelques preuves de votre attachement) m'engage de plus en plus à conférer avec vous.

PROTÉO.- Puisse le moment où vous me trouverez infidèle à vos intérêts, seigneur, être le dernier de ma vie !

LE DUC.- Vous savez combien je désirerais former une alliance entre le seigneur Thurio et ma fille.

PROTÉO.- Je le sais, mon seigneur.

LE DUC.- Et je crois bien aussi que vous n'ignorez pas combien elle résiste à mes volontés.

PROTÉO.- Elle y résistait, mon prince, lorsque Valentin était ici.

LE DUC.- Mais elle persévère encore dans sa perversité. Que pourrions-nous inventer, pour faire oublier Valentin à cette fille et lui faire aimer le seigneur Thurio ?

PROTÉO.- Le meilleur moyen est d'accuser Valentin d'être infidèle, lâche et de basse extraction, trois défauts que les dames détestent mortellement.

LE DUC.- Fort bien, mais elle croira qu'on le calomnie par haine.

PROTÉO.- Oui, si c'était un ennemi de Valentin qui le dit; il faudrait que cela fût dit, avec des circonstances plausibles, par un homme qu'elle croirait être son ami.

LE DUC.- Alors il faut vous charger de le calomnier.

PROTÉO.- C'est, mon prince, ce que j'aurais bien de la répugnance à faire: c'est un vilain rôle pour un gentilhomme, surtout contre son intime ami.

LE DUC.- Lorsque tous vos éloges ne lui peuvent faire aucun bien, vos calomnies ne peuvent certainement lui faire aucun tort. Ce rôle alors devient indifférent, surtout quand votre ami vous prie de le faire.

PROTÉO.- Vous l'emportez, seigneur; elle ne l'aimera pas longtemps, je vous assure, si je puis y réussir, par tout ce que je pourrai dire à son désavantage. Mais s'il arrive que j'extirpe son amour pour Valentin, il ne s'ensuit pas qu'elle aimera le seigneur Thurio.

THURIO.- Aussi, en arrachant cet amour fixé sur Valentin, il faut, de peur qu'il ne se perde et ne soit bon à personne, faire en sorte de l'attacher à moi; c'est ce que vous devez faire en me louant autant que vous le déprécierez.

LE DUC.- Mon cher Protéo, nous pouvons nous fier à vous en cette affaire, car nous savons, d'après ce que nous a dit Valentin, que vous êtes déjà un fidèle sujet de l'amour, et en si peu de temps votre âme ne saurait changer, ni se rendre parjure. Avec cette garantie, nous ne craignons pas de vous donner accès dans un lieu où vous pouvez causer longtemps avec Silvie, car elle est chagrine, languissante, mélancolique, et pour l'amour de votre ami, elle sera bien aise de vous voir; par vos discours adroits, vous pourrez la consoler et lui persuader de haïr le jeune Valentin et d'aimer mon ami.

PROTÉO.- Tout ce qu'il me sera possible de faire, je le ferai. Mais vous, seigneur Thurio, vous n'êtes pas assez pressant. Vous devez aussi préparer votre glu pour prendre au piège ses désirs par des sonnets plaintifs dont les rimes composées exprimeraient votre hommage et vos voeux.

LE DUC.- Oui, la poésie, fille du ciel, a un grand pouvoir.

PROTÉO.- Dites à Silvie que sur l'autel de sa beauté vous sacrifiez vos larmes, vos soupirs, votre coeur; écrivez jusqu'à ce que votre encre soit épuisée, et alors que vos larmes remplissent votre écritoire, tracez quelques lignes de sentiment qui puissent attester votre sincérité. La lyre d'Orphée était munie de cordes poétiques, dont la touche d'or pouvait attendrir le fer et les rochers, apprivoiser les tigres, attirer des profonds abîmes de l'Océan l'énorme Léviathan et le faire danser sur le sable. Après vos plaintives élégies, venez pendant la nuit sous les fenêtres de votre maîtresse; joignez une chanson mélancolique au son des instruments accompagné de quelque doux concert. Le morne silence de la nuit est favorable aux douces plaintes des amants malheureux; tout ceci la touchera, ou rien n'y fera.

LE DUC.- Ces conseils prouvent que vous avez été amoureux.

THURIO.- Et, dès ce soir même, je veux les mettre en pratique. Ainsi, mon cher Protéo, mon Mentor, allons tout à l'heure à la ville pour réunir quelques habiles musiciens. J'ai un sonnet qui fera l'affaire pour commencer à suivre tes bons conseils.

LE DUC.- Allons, messieurs, à l'oeuvre !

PROTÉO.- Nous resterons auprès de vous, mon prince, jusqu'après le souper, et nous déciderons ensuite la marche à tenir.

LE DUC.- Non, non, mettez-vous de suite à l'oeuvre. Je vous dispense de me suivre.

(Ils sortent.)

FIN DU TROISIÈME ACTE.

ACTE QUATRIÈME

SCÈNE I

Une forêt près de Mantoue.

Une troupe de BRIGANDS.

PREMIER VOLEUR.- Camarades, tenez ferme: je vois un voyageur.

SECOND VOLEUR.- Et quand il y en aurait dix, ne reculez pas, mais terrassons-les.

(Arrivent Valentin et Speed.)

TROISIÈME VOLEUR.- Halte-là, monsieur, jetez à terre ce que vous avez sur vous, sinon nous vous ferons asseoir et nous vous dépouillerons.

SPEED.- Ah ! monsieur, nous sommes perdus, ce sont ces brigands que tous les voyageurs craignent tant.

VALENTIN.- Mes amis...

PREMIER VOLEUR.- Point du tout, monsieur, nous sommes vos ennemis.

SECOND VOLEUR.- Paix ! Nous voulons l'entendre.

TROISIÈME VOLEUR.- Oui, par ma barbe, nous le voulons, car il a l'air d'un brave homme.

VALENTIN.- Sachez donc que j'ai bien peu de chose à perdre. Je suis un homme accablé d'infortunes. Toute ma richesse consiste dans ces pauvres habillements; si vous me les ôtez, vous prendrez tout ce que je possède.

SECOND VOLEUR.- Où allez-vous ?

VALENTIN.- A Vérone.

PREMIER VOLEUR.- D'où venez-vous ?

VALENTIN.- De Milan.

TROISIÈME VOLEUR.- Y avez-vous séjourné longtemps ?

VALENTIN.- Environ seize mois, et j'y serais encore si la fortune perfide ne m'en avait chassé.

PREMIER VOLEUR.- Comment, vous en êtes banni ?

VALENTIN.- Je le suis.

SECOND VOLEUR.- Et pour quel crime ?

VALENTIN.- Pour un forfait que je ne puis redire sans en être tourmenté. J'ai tué un homme, dont je regrette beaucoup la mort; mais cependant je l'ai tué bravement, les armes à la main, sans avantage et sans lâche trahison.

PREMIER VOLEUR.- Ne vous en repentez jamais, si vous l'avez tué ainsi. Mais vous a-t-on banni pour une faute aussi légère ?

VALENTIN.- Oui, vraiment, et je me suis trouvé heureux d'en être quitte à ce prix.

SECOND VOLEUR.- Possédez-vous les langues ?

VALENTIN.- C'est un bonheur que je dois aux voyages que j'ai faits dans ma jeunesse, et sans lequel je me serais trouvé souvent bien malheureux.

TROISIÈME VOLEUR.- Par la tête tonsurée du gros moine de Robin-Hood[49], cet homme-là devrait être roi de notre troupe.

[Note 49: Le moine Tuck. Voyez les histoires de _Robin-Hood_ et l'_Ivanhoë_ de sir Walter Scott.]

PREMIER VOLEUR.- Nous l'aurons, messieurs; un mot à l'oreille.

(Les voleurs se parlent ensemble tout bas.)

SPEED.- Monsieur, joignez-vous à eux; c'est une honorable espèce de voleurs.

VALENTIN.- Tais-toi, misérable.

SECOND VOLEUR.- Dites-nous, êtes-vous attaché à quelque chose ?

VALENTIN.- A rien, sinon à ma fortune.

TROISIÈME VOLEUR.- Sachez donc que plusieurs d'entre nous sont des gentilshommes, que la fougue d'une jeunesse indisciplinée a chassés de la société des hommes soumis aux lois. Moi-même, je fus aussi banni de Vérone, pour avoir tenté d'enlever une jeune héritière, très-proche parente du prince.

SECOND VOLEUR.- Et moi de Mantoue pour avoir, dans ma colère, enfoncé mon poignard dans le coeur d'un gentilhomme.

TROISIÈME VOLEUR.- Et moi aussi, pour de petits crimes à peu près semblables. Mais revenons à notre affaire, car si nous racontons nos fautes, c'est uniquement pour excuser à vos yeux notre vie irrégulière; et comme vous êtes doué d'une belle tournure et que d'ailleurs vous nous dites savoir les langues, et que dans notre société nous aurions besoin d'un homme tel que vous...

SECOND VOLEUR.- A vrai dire, c'est surtout parce que vous êtes banni que nous entrons en traité avec vous. Vous contenteriez-vous d'être notre général, de faire de nécessité vertu, et de vivre avec nous dans les forêts ?

TROISIÈME VOLEUR.- Qu'en dis-tu ? Veux-tu être de notre association ? Dis oui, et tu es notre chef à tous. Nous te rendrons hommage, tu nous commanderas, et nous t'aimerons tous comme notre capitaine et notre roi.

PREMIER VOLEUR.- Mais si tu méprises nos avances tu es mort.

SECOND VOLEUR.- Tu ne vivras point pour aller te vanter de nos offres.

VALENTIN.- Je les accepte et je veux vivre avec vous, pourvu que vous ne fassiez aucun outrage aux femmes sans défense, ni aux pauvres voyageurs.

TROISIÈME VOLEUR.- Non, nous avons horreur de ces lâches indignités. Viens, suis-nous; nous te mènerons à nos camarades, et nous voulons te montrer nos trésors, dont tu peux disposer comme nous-mêmes.

(Ils sortent.)

SCÈNE II

Milan.- Cour du palais.

Entre PROTÉO.

J'ai déjà trompé Valentin, il faut aussi que je trahisse Thurio. Sous prétexte de parler en sa faveur, j'ai la liberté d'avancer mon amour auprès de Silvie; mais Silvie est trop droite, trop sincère, trop pure, pour se laisser séduire par mes vils présents. Quand je lui promets une fidélité inviolable, elle me reproche d'avoir trahi mon ami. Quand je jure d'être fidèle à sa beauté, elle me rappelle que je me suis parjuré en violant la foi promise à Julie que j'aimais. Cependant, malgré tous ses violents reproches, dont le moindre pourrait éteindre tout l'espoir d'un amant, eh bien ! plus elle méprise mon amour et plus il croît, et, semblable à un souple épagneul, plus il devient caressant. Mais voici Thurio: il nous faut aller sous la fenêtre de Silvie et lui donner une sérénade nocturne.

(Arrivent Thurio et les musiciens.)

THURIO.- Comment ! seigneur Protéo, vous vous êtes glissé ici avant nous ?

PROTÉO.- Oui, mon cher Thurio, vous savez que l'amour se glisse où il ne saurait entrer de front.

THURIO.- Oui, mais j'espère cependant que vous n'aimez pas ici.

PROTÉO.- Oui, seigneur, j'aime, sans cela je ne serais pas ici.

THURIO.- Et qui donc aimez-vous ? Silvie ?

PROTÉO.- Oui, Silvie.- Pour vous.

THURIO.- Je vous en remercie pour vous-même. (_Aux musiciens._) Allons, messieurs, accordez vos instruments et mettez-vous à l'ouvrage avec vigueur.

(Paraît l'aubergiste à quelque distance, avec Julie en habit d'homme.)

L'AUBERGISTE.- Eh bien ! mon jeune hôte, il me semble que vous êtes _allycolique_[50]; pourquoi donc, je vous prie ?

[Note 50: _Mélancolique_, mot estropié.]

JULIE.- Vraiment, mon hôte, c'est parce que je ne saurais être gai.

L'AUBERGISTE.- Allons, allons, je veux vous donner de la gaieté; je vais vous conduire dans un endroit où vous entendrez de la musique et où vous verrez le gentilhomme que vous demandiez.

JULIE.- Mais l'entendrai-je parler ?

L'AUBERGISTE.- Oui, vraiment.

JULIE, _à part._- Ce sera pour moi la musique.

(Les musiciens préludent.)

L'AUBERGISTE.- Écoutez ! écoutez !

JULIE.- Est-il parmi ces musiciens ?

L'AUBERGISTE.- Oui, mais silence, écoutons-les.

CHANSON.

Quelle est Silvie ? Quelle est celle Que chantent tous nos bergers ? Elle est pure, elle est belle, elle est sage. Les cieux l'ont douée de toutes les grâces Qui pouvaient la faire adorer.

Est-elle aussi tendre qu'elle est belle ? Car la beauté vit de la tendresse. L'Amour va chercher dans ses yeux Le remède à son aveuglement; Reconnaissant, il se plaît à y demeurer.

Chantez donc, chantez Silvie, Chantez qu'elle est parfaite, Qu'elle surpasse toutes les beautés mortelles Qui habitent sur le globe de la terre, Courons lui porter nos guirlandes.

L'AUBERGISTE- Eh bien ! qu'est-ce donc ? vous êtes encore plus triste qu'auparavant. Qu'avez-vous donc, jeune homme ? est-ce que la musique ne vous plaît pas ?

JULIE- Vous vous méprenez; c'est le musicien qui ne me plaît pas.

L'AUBERGISTE- Et pourquoi, mon beau monsieur ?

JULIE- Il joue faux, mon ami.

L'AUBERGISTE- Est-ce que les cordes ne sont pas d'accord ?

JULIE- Ce n'est pas cela; et cependant il joue si faux qu'il offense les fibres de mon coeur.

L'AUBERGISTE- Vous avez l'oreille bien fine !

JULIE- Je voudrais être sourde.- Cela me contriste le coeur.

L'AUBERGISTE- Je m'aperçois que vous n'aimez pas la musique.

JULIE- Nullement, quand elle est si discordante.

L'AUBERGISTE- Écoutez, quel changement dans la musique !

JULIE- Oui, ce changement fait mon malheur.

L'AUBERGISTE- Vous voudriez donc qu'ils jouassent toujours la même chose ?

JULIE- Oui, je voudrais qu'un homme jouât toujours le même air. Mais, mon hôte, dites-moi, le seigneur Protéo, de qui nous parlons, vient-il souvent chez cette dame ?

L'AUBERGISTE- Je vous dirai que Launce, son valet, m'a confié qu'il l'aimait outre mesure.

JULIE- Où est donc ce Launce ?

L'AUBERGISTE- Il est allé chercher son chien; demain, par l'ordre de son maître, il doit le porter en présent à sa maîtresse.

JULIE- Silence ! retirons-nous à l'écart, voici la compagnie qui se sépare.

PROTÉO- Ne craignez rien, seigneur Thurio; je parlerai pour vous de manière que vous me regarderez comme passé maître en ruses d'amour.

THURIO.- Où nous retrouverons-nous ?

PROTÉO- A la fontaine Saint-Grégoire.

THURIO.- Adieu.

(Thurio et la musique sortent.)

(Silvie à sa fenêtre.)

PROTÉO- Madame, je souhaite le bonjour à Votre Seigneurie.

SILVIE- Je vous remercie de votre musique, messieurs. Mais quel est celui qui vient de parler ?

PROTÉO- Un homme que vous reconnaîtriez bientôt à la voix, si vous connaissiez la sincérité de son coeur.

SILVIE- C'est le seigneur Protéo, à ce qu'il me semble.

PROTÉO- Oui, c'est Protéo, notre dame; c'est votre serviteur.

SILVIE- Quel est donc votre bon plaisir ?

PROTÉO- De savoir le vôtre.

SILVIE- Vos voeux sont exaucés; mon bon plaisir est que sur l'heure vous vous éloigniez de ces lieux, et que vous alliez vous mettre au lit. Fourbe, parjure, homme faux et déloyal, penses-tu que je sois assez simple, assez stupide, pour me laisser séduire par tes flatteries, toi qui as trompé tant d'infortunées par les serments ? Retourne, retourne vers le premier objet de ton amour, et demande-lui pardon; car, pour moi, j'en jure par cette pâle reine de la nuit, je suis aussi loin de céder à tes voeux que je te méprise pour ta lâche et coupable recherche. Et je vais me reprocher tout à l'heure le temps que je perds ici à te répondre.

PROTÉO- J'avoue, belle Silvie, que j'ai aimé une dame, mais elle est morte.

JULIE, _à part._ - Tu ne serais qu'un menteur si je parlais, car je suis sure qu'elle n'est pas enterrée.

SILVIE- Tu dis qu'elle est morte; mais Valentin, ton ami, il vit encore, et tu es témoin que je lui suis fiancée; ne rougis-tu pas de le trahir ici par tes importunités ?

PROTÉO- J'ai appris aussi que Valentin était mort.

SILVIE- Eh bien ! suppose aussi que je le suis; car, je te t'assure, mon amour est enseveli dans son tombeau.

PROTÉO- Douce Silvie, laissez-le-moi tirer de la terre.

SILVIE- Va sur le tombeau de ton amante, réveille-la par tes gémissements; ou au moins que sa tombe soit la tienne.

JULIE, _à part._- Il n'entend pas cela.

PROTÉO- Madame, si votre coeur est si endurci, daignez du moins accorder votre portrait à mon amour; ce portrait qui est suspendu dans votre chambre. Je lui parlerai, je lui adresserai mes soupirs et mes larmes; car, puisque votre personne si parfaite est dévouée à un autre, je ne suis qu'une ombre, et je consacrerai un fidèle amour à la vôtre.

JULIE, _à part._- Si tu possédais l'original, tu le tromperais à coup sûr, et tu n'en ferais bientôt qu'une ombre comme moi.

SILVIE- Il ne me plaît guère, monsieur, d'être votre idole, mais puisqu'il convient à votre coeur perfide d'adorer des ombres et d'idolâtrer des formes vaines, envoyez demain le chercher chez moi, et je vous le donnerai. Ainsi, bonne nuit.

PROTÉO- Oui, une nuit comme celle que passent les malheureux qui s'attendent à être exécutés le lendemain matin.

(Silvie ferme sa fenêtre. Protéo sort.)

JULIE- Mon hôte, voulez-vous partir ?

L'AUBERGISTE- Par Notre-Dame ! j'étais profondément endormi.

JULIE- Dites-moi, je vous prie, où demeure le seigneur Protéo.

L'AUBERGISTE- Il loge chez moi. Hé ! mais vraiment, je crois qu'il est bientôt jour.

JULIE- Non, pas encore; mais cette nuit est bien la plus longue et la plus cruelle que j'aie passée de ma vie.

(Ils sortent.)

SCÈNE III

La scène est toujours dans la cour du palais.

Entre ÉGLAMOUR.

ÉGLAMOUR- Voici l'heure où madame Silvie m'a prié de venir savoir ses intentions. Elle veut m'employer sans doute dans quelque importante affaire. (_Il l'appelle._) Madame, madame !

SILVIE, _à sa fenêtre._- Qui appelle ?

ÉGLAMOUR- Votre serviteur et votre ami, qui se rend aux ordres de Votre Seigneurie.

SILVIE- Bonjour mille fois, seigneur Églamour.

ÉGLAMOUR- Je vous en souhaite autant, noble dame. Comme vous me l'avez commandé, je suis venu de bonne heure pour savoir à quel service il est de votre bon plaisir de m'employer.

SILVIE- Églamour, vous êtes un noble chevalier; ne croyez pas que je vous flatte, je jure que je dis la vérité; oui, vous êtes brave, sage, compatissant, accompli. Vous n'ignorez pas l'amour que je porte à Valentin exilé; ni que mon père voudrait me forcer à épouser l'orgueilleux Thurio que mon âme déteste. Vous avez aimé, cher Églamour, et je vous ai entendu dire que jamais douleur ne fut plus déchirante pour votre coeur que la mort de votre dame et fidèle amie, sur le tombeau de laquelle Vous avez juré une chasteté éternelle[51]. Cher Églamour, je voudrais aller trouver Valentin à Mantoue, où j'apprends qu'il s'est retiré. Comme cette route est dangereuse, je désirerais me voir accompagnée d'un brave chevalier tel que vous, dont je connusse la foi et l'honneur. Ne m'objectez point le courroux de mon père; Églamour, ne pensez qu'à ma douleur, à la douleur d'une femme et à la justice de ma fuite, pour me soustraire à une alliance impie, que le ciel et la fortune puniraient de mille fléaux. Avec un coeur aussi plein de chagrins que la mer l'est de sables, je vous conjure de m'accompagner et de me conduire à Mantoue. Si vous me refusez, cachez au moins ce que je vous confie, et je me hasarderai à partir seule.

[Note 51: C'était l'usage des maris inconsolables du temps de Shakspeare.]

ÉGLAMOUR- Madame, je suis sensible à vos douleurs; sachant

combien votre amour est vertueux, je consens à partir avec vous, et je m'inquiète aussi peu de ce qui m'en arrivera, que je désire ardemment que vous soyez heureuse. Quand voulez-vous partir ?

SILVIE- Dès ce soir.

ÉGLAMOUR- Où vous trouverai-je ?

SILVIE- A la cellule du frère Patrice, auquel je me propose de me confesser.

ÉGLAMOUR- Je ne ferai pas défaut à Votre Seigneurie; adieu, douce dame.

SILVIE- Bonjour, généreux Églamour.

(Elle rentre, Églamour sort.)

LAUNCE, _avec son chien._- Quand le domestique d'un homme fait le chien avec lui, voyez-vous, cela va mal. Un chien que j'ai élevé dès sa plus tendre enfance, que j'ai sauvé de la rivière, lorsqu'on y jeta trois ou quatre de ses frères et soeurs encore aveugles ! je l'ai instruit, précisément de manière à faire dire: «Voilà comme je voudrais instruire un chien.» Eh bien ! j'allais pour en faire un présent à madame Silvie de la part de mon maître, et je suis à peine entré dans la salle à manger, qu'il a déjà sauté sur son assiette, et lui a volé une cuisse de chapon. Oh ! c'est une terrible chose, quand un chien ne sait pas se contenir dans toutes les compagnies ! Je voudrais en avoir, comme qui dirait, un qui prît une bonne fois sur lui d'être un véritable chien, ce qu'on appelle un chien, un chien en tout. Si je n'avais pas eu plus d'esprit que lui, en me chargeant d'une faute qu'il avait commise, je pense, ma foi, qu'il aurait été pendu; aussi vrai que je vis, il l'aurait payée. Je veux que vous en jugiez. Il se faufile, moi présent, en la compagnie de trois ou quatre messieurs chiens sous la table du duc; à peine y était-il resté, permettez-moi de le dire, le temps de pisser, que toute la chambre le sentait. À la porte le chien ! dit l'un; quel est ce roquet-là ? dit un autre; fouettez-le, dit un troisième; pendez-le, dit le duc. Moi qui connaissais l'odeur, je compris que c'était Crab: je m'en vais au garçon qui fouette les chiens: «Ami, lui dis-je, vous voulez battre le chien ?»- Oui, vraiment, dit-il.- «Vous lui faites injure, ai-je dit: c'est moi qui ai fait la chose que vous savez.» Lui, sans autre question, me chasse de la chambre à coups de fouet. Combien y a-t-il de maîtres qui en voudraient faire autant pour leur domestique ? Ce n'est pas tout; je dirai que l'on m'a mis aux ceps pour des puddings qu'il avait volés, et sans cela il eût été exécuté; je me suis laissé mettre au pilori pour des oies qu'il avait tuées, et sans cela il les aurait payées. Tu ne penses plus à cela maintenant; mais moi, je me souviens du tour que tu m'as joué, lorsque j'ai pris congé de madame Silvie. Ne t'ai-je pas toujours dit de me regarder et de faire ce que je fais ? Quand m'as-tu vu lever la jambe, et lâcher de l'eau contre le vertugadin d'une demoiselle, m'as-tu jamais vu faire un pareil tour ?

(Protéo et Julie toujours déguisée entrent.)

PROTÉO.- Tu t'appelles Sébastien ? Tu me plais, je veux t'employer tout à l'heure.

JULIE.- À tout ce qu'il vous plaira, monsieur; je ferai tout ce qui sera en mon pouvoir.

PROTÉO.- Je l'espère, mon ami. (_A Launce._) Eh bien ! rustaud, où avez-vous été flâner ces deux jours-ci ?

LAUNCE.- Ma foi, monsieur, j'ai porté à madame Silvie le chien dont vous m'aviez ordonné de lui faire présent.

PROTÉO.- Et que dit-elle de mon petit Bijou ?

LAUNCE.- Mais elle dit que votre chien est un roquet, et que des remerciements de chien sont assez bons pour un pareil présent.

PROTÉO.- - Mais elle a reçu mon chien ?

LAUNCE.- Non, vraiment, elle ne l'a pas reçu. Je l'ai ramené ici.

PROTÉO.- Comment ! tu lui as offert ce chien de ma part ?

LAUNCE.- Oui, monsieur. L'autre, qui était comme un écureuil, m'a été volé par les enfants du bourreau sur la place du marché; et, alors, j'ai offert à Silvie mon chien propre, qui est un chien dix fois plus gros que le vôtre. Ainsi le présent était bien plus considérable.

PROTÉO.- Va-t'en; cours retrouver mon chien, ou ne reparais jamais à mes yeux. Va-t'en, te dis-je. Restes-tu là pour me faire mettre en colère ? Un coquin qui m'expose tous les jours à rougir de ses sottises ! (_Launce sort._) Sébastien, je t'ai pris à mon service, en partie parce que j'ai besoin d'un jeune homme comme toi, qui s'acquitte de mes ordres avec quelque intelligence; car je ne peux jamais me fier à ce butor; mais c'est encore plus pour ta physionomie et tes manières, qui, je ne me trompe point dans mes conjectures, annoncent une bonne éducation, un caractère heureux et franc. Sache donc bien que c'est à cause de cela que je te retiens à mon service. Pars à l'instant, et remets cet anneau à madame Silvie. Elle m'aimait bien, celle qui me l'a donné.

JULIE.- Il paraît que vous ne l'aimiez pas, puisque vous vous défaites ainsi de ses présents. Elle est morte, probablement.

PROTÉO.- Non, je crois qu'elle vit encore.

JULIE.- Hélas !

PROTÉO.- Pourquoi cet hélas ?

JULIE.- Je ne puis m'empêcher d'avoir pitié d'elle.

PROTÉO.- Pourquoi aurais-tu pitié d'elle ?

JULIE.- Parce que je crois qu'elle vous aimait autant que vous aimez votre madame Silvie. Elle rêve à celui qui a oublié sa tendresse et vous ne respirez que pour celle qui dédaigne vos hommages; c'est dommage que l'amour soit si contraire à lui-même, et cette pensée me force à dire _hélas_ !

PROTÉO.- Allons; donne-lui cet anneau et aussi cette lettre.- Voilà sa chambre; dis à madame Silvie que je réclame le céleste portrait qu'elle m'a promis. Ce message fait, reviens aussitôt à ma chambre, où tu me trouveras triste et solitaire.

(Protéo sort.)

JULIE.- Combien est-il de femmes qui voulussent se charger d'un pareil message ?- Hélas ! pauvre Protéo, tu as pris un renard pour servir de berger à tes brebis.- Hélas ! malheureuse insensée, pourquoi plaindre celui dont le coeur me dédaigne ? c'est parce qu'il en aime une autre qu'il me dédaigne; et moi, parce que je l'aime, je dois le plaindre. Voilà cet anneau même que je lui donnai, quand il me quitta, pour l'engager à se rappeler mon amour; et maintenant, malheureux messager, je suis chargée de demander ce que je ne voudrais pas obtenir; de porter ce que je voudrais qu'on refusât; de louer sa constance, que je voudrais entendre déprécier. Je suis la fidèle et sincère amante de mon maître; mais je ne puis le servir fidèlement, sans me trahir moi-même. Je veux cependant aller parler à Silvie en sa faveur, mais si froidement, que je souhaite (le ciel le sait !) de ne pas réussir.

(Entre Silvie avec une suite.)

JULIE.- Salut, madame; je vous conjure de vouloir bien m'indiquer le moyen de me rendre où je pourrai parler à madame Silvie.

SILVIE.- Et que lui voudriez-vous, si j'étais elle-même ?

JULIE.- Si vous êtes Silvie, je vous conjure de vouloir bien entendre ce que l'on m'a chargé de vous dire.

SILVIE.- De quelle part ?

JULIE.- De la part de mon maître, le seigneur Protéo.

SILVIE.- Oh ! il t'envoie pour un portrait, n'est-ce pas ?

JULIE.- Oui, mademoiselle.

SILVIE.- Ursule, apportez ici mon portrait. (_Ursule apporte le portrait._) Va, donne ceci à ton maître, et dis-lui de ma part qu'une certaine Julie, que son coeur inconstant a pu oublier, ornerait beaucoup mieux sa chambre que cette ombre vaine.

JULIE.- Madame, voudriez-vous bien lire cette lettre ? Pardonnez, madame, j'allais vous en donner une qui ne vous est pas adressée; voici celle de Votre Seigneurie.

SILVIE.- Laisse-moi revoir l'autre, je te prie.

JULIE.- Je ne le puis; excusez-moi, madame.

SILVIE.- Tiens, reprends celle-ci. Je ne veux pas jeter les yeux sur la lettre de ton maître; je sais quelle est farcie de protestations et de serments nouvellement inventés, et qu'il violerait aussi aisément que je déchire son papier.

JULIE.- Il vous envoie aussi cet anneau, madame.

SILVIE.- C'est une honte de plus pour celui qui me l'envoie; car je lui ai mille fois entendu dire que sa Julie le lui avait donné à son départ. Quoique son doigt parjure ait profané l'anneau, le mien ne fera point à Julie un tel affront.

JULIE.- Elle vous remercie.

SILVIE.- Que dis-tu ?

JULIE.- Je vous remercie, madame, de ce que vous avez compassion d'elle. La pauvre fille ! mon maître l'a traitée bien mal.

SILVIE.- Tu la connais donc ?

JULIE.- Presque aussi bien que moi-même; en pensant à ses malheurs, je vous jure que j'ai pleuré cent fois.

SILVIE.- Probablement elle croit que Protéo l'a abandonnée.

JULIE.- Je le crois; et c'est là ce qui cause ses chagrins.

SILVIE.- N'est-elle pas d'une beauté rare ?

JULIE.- Elle a été beaucoup plus belle qu'elle ne l'est aujourd'hui, madame. Lorsqu'elle se croyait tendrement aimée de mon maître, elle était, à mon avis, aussi belle que vous; mais depuis qu'elle a négligé son miroir, et a quitté le masque qui la garantissait des feux du soleil, l'air a flétri les roses de son teint, il a fané les lis de ses joues, et elle est aujourd'hui aussi brune que moi.

SILVIE.- Est-elle grande ?

JULIE.- A peu près de ma taille; car à la Pentecôte, lorsqu'on donnait les pantomimes de la fête, notre jeunesse me força de prendre un rôle de femme, et l'on me donna les habits de mademoiselle Julie, qui m'allaient aussi bien, à ce que disait tout le monde, que s'ils eussent été faits pour moi. C'est de là que je sais qu'elle est à peu près de ma taille; je la fis ce jour-là pleurer tout de bon, car j'avais à remplir un rôle fort triste, madame; je représentais Ariane abandonnée, et gémissant sur le parjure et l'indigne fuite de son cher Thésée; je versai des larmes si amères, que ma pauvre maîtresse attendrie pleura amèrement, et je veux mourir à l'instant, si je ne ressentais pas en pensée toutes ses douleurs.

SILVIE.- Elle vous a des obligations, bon jeune homme. Hélas ! la pauvre fille, délaissée et désolée ! Je pleure moi-même, en pensant à ton récit. Tiens, mon bon ami, voici ma bourse; je te la donne à cause de ton aimable maîtresse, parce que tu l'aimes bien; adieu !

(Silvie sort.)

JULIE.- Et elle vous en remerciera, si jamais vous pouvez la connaître. Vertueuse Silvie ! qu'elle est douce et belle ! J'espère que les feux de mon maître se refroidiront, puisqu'elle prend tant d'intérêt au sort de ma maîtresse. Hélas ! comme un coeur amoureux cherche lui-même à se faire illusion ! Voici son portrait; que je le voie. Je crois que ma figure, si j'étais parée aussi, serait tout aussi agréable que la sienne; et cependant le peintre l'a un peu flattée, à moins que je ne me flatte pas trop moi-même. Sa chevelure est cendrée, la mienne est blonde comme l'or; si c'est là l'unique cause de son changement, je me procurerai des cheveux de la couleur des siens; ses yeux sont gris comme le verre, les miens le sont aussi. Oui, mais elle a le front très-bas, le mien est élevé. Qu'y a-t-il donc qui plaise en elle, que je ne puisse trouver aussi aimable en moi, si ce fol Amour n'était pas un dieu aveugle ? Ombre de toi-même, allons, emporte cette ombre ennemie: c'est ta rivale. O toi, image insensible, tu seras adorée, baisée, aimée, idolâtrée, et s'il avait quelque sens commun dans son idolâtrie, il aurait ma personne au lieu d'un portrait. Je veux bien te traiter à cause de ta maîtresse, qui m'a traitée aussi avec bonté; autrement, je le jure par Jupiter, j'aurais effacé tes yeux inanimés, pour t'enlever l'amour de mon maître.

(Elle sort.)

FIN DU QUATRIÈME ACTE.

ACTE CINQUIÈME

SCÈNE I

Milan.- Une abbaye.

ÉGLAMOUR *seul*.

ÉGLAMOUR.- Le soleil commence à dorer l'occident, et bientôt voici l'heure où Silvie doit me venir joindre à la cellule du frère Patrice. Elle n'y manquera pas; car les amants ne manquent à l'heure que pour la devancer, tant ils sont empressés. Mais la voici. (_Entre Silvie._) Madame, je vous souhaite une heureuse soirée.

SILVIE.- Amen ! amen ! Hâtons-nous, cher Églamour; sortons par la poterne de la muraille du monastère. Je crains d'être suivie par quelques espions.

ÉGLAMOUR.- Ne craignez rien. La forêt n'est qu'à trois lieues d'ici; si nous pouvons la gagner, nous sommes en sûreté.

(Ils sortent.)

SCÈNE II

Appartement du palais du duc.

THURIO, PROTÉO, JULIE.

THURIO.- Eh bien ! seigneur Protéo, que dit Silvie de ma demande ?

PROTÉO.- Oh ! monsieur, je l'ai trouvée plus traitable qu'elle ne l'était naguère; et cependant elle trouve quelque chose encore à redire à votre personne.

THURIO.- Quoi ? Est-ce parce que ma jambe est trop longue ?

PROTÉO.- Non; c'est parce qu'elle est trop courte.

THURIO.- Je prendrai des bottes pour la rendre un peu plus ronde.

PROTÉO.- Mais l'amour ne veut pas être poussé à coup d'éperon, c'est ce qui lui déplaît.

THURIO.- Que dit-elle de mon visage ?

PROTÉO.- Elle dit qu'il est blanc[52].

[Note 52: *Fair*, blond, blanc, beau; *black*, noir, brun, etc.]

THURIO.- Oh ! elle ment, la petite friponne; mon visage est brun.

PROTÉO.- Mais les perles sont blanches, et le proverbe dit: _qu'un homme brun est une perle aux yeux des belles dames_.

JULIE, _à part_.- Oui, une perle qui crève les yeux des dames; j'aimerais mieux être aveugle que de la regarder.

THURIO.- Comment trouve-t-elle que je raisonne ?

PROTÉO.- Mal, quand vous parlez de la guerre.

THURIO.- Mais lorsque je raisonne sur l'amour et sur la paix ?

JULIE, _à part_.- Oh ! beaucoup mieux quand vous vous tenez en paix.

THURIO.- Que dit-elle de ma valeur ?

PROTÉO.- Monsieur, elle n'a aucun doute sur ce point.

JULIE, _à part_.- Sans doute: elle connaît trop bien ta lâcheté.

THURIO.- Et de ma naissance, qu'en dit-elle ?

PROTÉO.- Que vous _descendez_ d'une illustre famille.

JULIE, _à part_.- Oui vraiment, d'un brave chevalier il est _descendu_ à un franc imbécile.

THURIO.- Considère-t-elle mes biens ?

PROTÉO.- Oui, et elle les plaint...

THURIO.- Pourquoi donc ?

JULIE, _à part_.- D'être possédés par un pareil âne.

PROTÉO.- Parce que vous les avez _loués_ désavantageusement.

(Le duc paraît.)

JULIE.- Voici le duc.

LE DUC.- Bonjour, seigneur Protéo; bonjour, seigneur Thurio. Qui de vous deux a vu récemment le chevalier Églamour ?

THURIO.- Ce n'est pas moi.

PROTÉO.- Ni moi.

LE DUC- Avez-vous vu ma fille ?

PROTÉO.- Ni l'un ni l'autre.

LE DUC.- Eh bien ! alors elle est allée rejoindre ce rustre de Valentin, et le chevalier Églamour l'accompagne. Cela est certain; car le frère Laurence les a rencontrés tous les deux, pendant qu'il errait dans la forêt par pénitence. Il a bien reconnu Églamour, et il a soupçonné que c'était elle; mais comme elle était masquée, il n'en est pas sûr. D'ailleurs, elle m'a dit qu'elle devrait se confesser ce soir au père Patrice, et elle n'y est point allée. Ces circonstances confirment sa fuite. Je vous conjure donc de ne pas rester là à discourir, mais de monter à cheval sur l'heure et de me joindre sur le chemin de Mantoue, où ils se sont enfuis. Allons, chers amis, hâtez-vous et suivez-moi.

THURIO.- Voilà une fille bien folle, de fuir le bonheur qui la suit. Je veux les suivre plutôt pour me venger d'Églamour que par amour pour l'ingrate Silvie.

PROTÉO.- Et moi je veux les suivre, plutôt par amour pour Silvie que par haine pour Églamour qui l'accompagne.

JULIE, _à part_.- Et moi je veux aussi les suivre, plutôt pour mettre obstacle à cet amour que par haine pour Silvie, à qui l'amour a fait prendre la fuite.

SCÈNE III

Forêt aux environs de Mantoue.

SILVIE, _conduite par les_ VOLEURS.

PREMIER VOLEUR.- Venez, venez, soyez tranquille; il faut que nous vous conduisions à notre capitaine.

SILVIE.- Des malheurs mille fois plus grands m'ont appris à supporter celui-ci avec patience.

SECOND VOLEUR.- Allons, conduisez-la.

PREMIER VOLEUR.- Où est le gentilhomme qui était avec elle ?

TROISIÈME VOLEUR.- Comme il a le pied très-leste, il nous a échappé; mais Moïse et Valère le suivent. Va avec elle à l'ouest de la forêt, où est notre capitaine; nous allons courir après le fuyard. Le taillis est gardé de toutes parts; il ne peut nous échapper.

PREMIER VOLEUR.- Venez, il faut que je vous conduise à la caverne de notre capitaine: ne craignez rien, c'est un coeur généreux, et il ne souffrirait pas qu'une femme fût maltraitée.

SILVIE.- O Valentin ! je supporte ceci par amour pour toi !

(Ils sortent.)

SCÈNE IV

Autre partie de la forêt.

VALENTIN *entre* Combien l'habitude a d'empire sur l'homme: ces sombres déserts, ces bois solitaires, je les préfère aux villes peuplées et florissantes. Ici, je puis m'asseoir seul, sans être vu de personne; je puis unir ma voix gémissante aux accents plaintifs du rossignol et raconter mes douleurs; O toi qui habites dans mon sein, ne laisse pas la maison si longtemps sans maître, de peur que, tombant en ruines, l'édifice ne s'écroule et ne laisse plus aucun souvenir de ce qu'il était. Répare ma vie par ta présence, Silvie, aimable nymphe, console ton berger au désespoir.- Quels cris et quel tumulte on fait aujourd'hui ! ce sont mes camarades qui font de leurs volontés leurs lois. Ils poursuivent probablement quelque malheureux voyageur. Ils m'aiment beaucoup, et cependant j'ai bien à faire à les empêcher de commettre des actions cruelles. Retire-toi, Valentin. Quel est celui qui s'avance de ce côté ?

(Valentin se retire à l'écart.)

(Entrent Protéo, Silvie et Julie.)

PROTÉO.- Belle Silvie (quoique vous n'ayez aucun égard à ce que fait votre serviteur), ce service que je vous ai rendu de hasarder ma vie et de vous arracher au brigand qui aurait fait violence à votre amour et à votre honneur mérite bien qu'en récompense vous m'accordiez au moins un tendre regard. Je ne puis demander une moindre faveur, et je suis sûr que vous ne pouvez donner moins.

VALENTIN, _à part_.- Est-ce un songe, ce que je vois, ce que j'entends ?- O amour ! donne-moi la patience de supporter ceci un moment !

SILVIE.- Malheureuse, infortunée que je suis !

PROTÉO.- Vous étiez malheureuse avant que j'arrivasse; mais, depuis mon arrivée, je vous ai rendue heureuse.

SILVIE.- Ton approche me rend la plus malheureuse des femmes !

JULIE, _à part_.- Et moi aussi, quand il est auprès de vous.

SILVIE.- Si j'eusse été saisie par un lion affamé, j'eusse mieux aimé servir de pâture à ce féroce animal, que de me voir sauvée par le traître Protéo. Ciel ! sois-moi témoin combien j'aime Valentin ! mon âme ne m'est pas plus chère que sa vie, et je déteste tout autant (car je n'en puis dire davantage) le lâche, le parjure Protéo ! Va-t'en, ne m'importune plus !

PROTÉO.- Quel danger, m'en eût-il dû coûter la vie, n'aurais-je pas affronté, pour obtenir un seul doux regard ! Oh ! c'est la malédiction éternelle de l'amour, que les femmes ne puissent aimer ceux qui les aiment.

SILVIE.- C'est que Protéo n'aime point celle qui l'aime. Lis dans le coeur de ta Julie, le premier à qui tu aies promis ta foi, par mille et mille serments, dont tu as fait autant de parjures en m'aimant. Il ne te reste plus de foi, à moins que tu n'en eusses deux, ce qui est pis encore que de n'en avoir aucune; il vaut mieux n'en point avoir que d'en avoir plusieurs. Quand la foi est double, il y en a toujours une de trop. N'as-tu pas trahi ton plus fidèle ami ?

PROTÉO.- En amour, quel homme s'inquiète de son ami ?

SILVIE.- Tous les hommes, excepté Protéo.

PROTÉO.- Eh bien ! si les douces paroles de l'amour ne peuvent amollir ton coeur, je te ferai la cour en soldat, et, par la loi du plus fort, j'emploierai pour t'aimer ce qui répugne le plus à la nature de l'amour, la violence.

SILVIE.- O ciel !

PROTÉO.- Je te forcerai de céder à mes désirs.

VALENTIN.- Misérable, laisse-la, éloigne ces mains odieuses et brutales, indigne et faux ami !

PROTÉO.- Valentin !

VALENTIN.- Ami comme tous les autres, c'est-à-dire sans foi et sans amour (car tels sont les amis de nos jours), perfide, tu as trahi toutes mes espérances. Il fallait que je le visse de mes yeux pour le croire. Maintenant je n'ose pas dire que j'ai un ami au monde, tu me prouverais le contraire. A qui se fier désormais, quand la main droite est infidèle au coeur ? Protéo, je suis fâché de ne pouvoir plus avoir confiance en toi. Tu es cause que le monde entier va me devenir étranger: la blessure faite par un ami est la plus profonde ! O siècle maudit ! où de tous mes ennemis, c'est mon ami qui est le plus cruel de tous !

PROTÉO.- Mon crime et ma honte me confondent. Pardonne-moi, Valentin; si un chagrin sincère suffit pour expier l'offense, je te l'offre ici: la douleur de mon remords égale le crime que j'ai commis.

VALENTIN.- Je suis satisfait, et je te reçois de nouveau pour un honnête homme: celui qui n'est pas apaisé par le repentir n'est pas digne du ciel ni de la terre, car tous deux, se laissent attendrir, et le repentir apaise la colère de l'Éternel. Pour te donner une preuve de ma sincérité, je te cède tous les droits que je pouvais avoir sur Silvie.

JULIE.- Malheureuse que je suis !

(Elle s'évanouit.)

PROTÉO.- Voyez donc ce jeune homme.

VALENTIN.- Eh bien ! mon garçon, qu'avez-vous ? Qu'y a-t-il ? Voyons, regardez-nous, parlez.

JULIE.- Oh ! mon brave monsieur, mon maître m'avait chargé de remettre une bague à madame Silvie, et j'ai oublié de le faire.

PROTÉO.- Où est cette bague, mon garçon ?

JULIE.- La voici. Prenez.

PROTÉO.- Comment ? Laissez-moi voir. Eh ! c'est la bague que j'ai donnée à Julie !

JULIE.- Oh ! pardonnez-moi, monsieur je me suis trompée. Voilà la bague que vous avez envoyée à Silvie.

(Elle lui présente une bague.)

PROTÉO.- D'où t'est venue cette bague ? C'est celle que j'ai donnée à Julie en la quittant.

JULIE.- Et c'est Julie elle-même qui me l'a donnée, et c'est Julie elle-même qui l'a apportée ici.

PROTÉO.- Comment ? Julie !

JULIE.- Reconnais celle qui fut l'objet de tous tes serments qu'elle conservait profondément dans son coeur. Ah ! combien de fois, par tes parjures, tu as voulu les en arracher ! Protéo, rougis de me voir ici sous cet habit; rougis de ce qu'il m'a fallu revêtir ce costume indécent, si pourtant le déguisement inspiré par l'amour peut être honteux; aux yeux de la pudeur, il est bien moins honteux pour une femme de changer d'habit, qu'il ne l'est pour un homme de changer de sentiments.

PROTÉO.- De changer de sentiments ? Il est vrai; ô ciel ! si l'homme était seulement constant, il serait parfait. Ce seul défaut l'entraîne dans tous les autres et le porte à tous les crimes. Mais mon inconstance finit avant même d'avoir commencé: qu'y a-t-il donc dans les traits de Silvie, que l'oeil de la constance ne puisse trouver plus charmant chez ma Julie ?

VALENTIN.- Allons, donnez-moi tous deux la main que j'aie la joie de former cette heureuse union. Il serait cruel que deux coeurs qui s'aiment tant fussent longtemps ennemis.

PROTÉO.- J'en atteste le ciel ! je ne désire pas autre chose.

JULIE.- Et moi j'ai tout ce que je désire.

(Entrent les voleurs, le duc et Thurio.)

UN VOLEUR.- Une prise ! une prise ! une prise !

VALENTIN.- Arrêtez, arrêtez ! c'est mon seigneur le duc. Mon prince, vous êtes le bienvenu auprès d'un homme disgracié, de Valentin, que vous avez banni.

LE DUC.- Comment ? Valentin !

THURIO.- J'aperçois Silvie, et Silvie est à moi.

VALENTIN.- Thurio, recule ou reçois la mort. Ne t'avance pas à la portée de ma colère. Ne dis pas que Silvie est à toi.- S'il t'arrive de le répéter, Milan ne te reverra plus. La voici; ose seulement porter la main sur elle. Je te défie de toucher même de ton souffle celle que j'aime.

THURIO.- Seigneur Valentin, je ne me soucie guère d'elle, moi. Je regarderais comme un fou celui qui voudrait exposer ses jours pour une fille qui ne l'aime pas: je n'ai aucune prétention sur elle, elle est donc à toi.

LE DUC.- Tu n'en es que plus lâche et plus dégénéré, de l'abandonner sous un si frivole prétexte, après tous les moyens que tu as employés pour la gagner.- Oui, par l'honneur de mes ancêtres, j'honore ton courage, Valentin, et te crois digne de l'amour d'une impératrice. Sache donc que j'oublie dès ce moment tous tes torts, que je perds toute rancune et que je te rappelle à ma cour. Demande tous les honneurs dus à ton mérite, j'y souscris par ces mots: «Valentin, tu es un gentilhomme et de bonne maison; reçois la main de ta Silvie, tu l'as méritée.»

VALENTIN.- Je vous rends grâces, mon prince; ce don fait mon bonheur, et je vous conjure maintenant, pour l'amour de votre fille, de m'accorder une grâce que je vais vous demander.

LE DUC.- Je l'accorde pour l'amour de toi, quelle qu'elle soit.

VALENTIN.- Ces hommes bannis, parmi lesquels j'ai vécu, sont doués de bonnes qualités; pardonnez-leur les fautes qu'ils ont faites, et qu'ils soient rappelés de leur exil. Mon prince, ils sont bien changés; ils sont devenus doux, civils et pleins de zèle pour le bien: ils peuvent rendre les plus grands services à l'État.

LE DUC.- Tu l'emportes, je leur pardonne ainsi qu'à toi: dispose d'eux suivant les mérites que tu leur connais. Partons pour Milan, et que toutes nos querelles se terminent par la joie, les bals et les fêtes les plus solennelles.

VALENTIN.- Et, sur la route, j'oserai prendre la liberté de vous faire sourire par le récit de mes aventures. Mon prince, que pensez-vous de ce page ?

LE DUC.- Je trouve que ce jeune homme a beaucoup de grâce; il rougit.

VALENTIN.- Je vous réponds, mon prince, qu'il en a beaucoup plus qu'un jeune homme.

LE DUC.- Que veux-tu dire par là ?

VALENTIN.- Si vous le permettez, mon prince, je vous raconterai en route des aventures qui vous surprendront. Viens, Protéo; ce sera ta pénitence d'entendre raconter l'histoire de tes amours. Ensuite le jour de notre mariage sera le vôtre, nous n'aurons qu'un seul festin, qu'une seule maison, et qu'un mutuel et commun bonheur.

(Ils sortent.)

FIN